集英社オレンジ文庫

怪奇編集部『トワイライト』

瀬川貴次

JN166455

本書は書き下ろしです。

怪奇編集部『トワイライト』　目次

御《み》隈《くま》川《がわ》駿《すぐる》
神主の息子。大学二年生。
先輩の紹介で、エンタメ系オカルト雑誌『トワイライト』編集部でアルバイトをすることに。
FAVORITE
月刊
トワイライト

人　物　紹　介

鈴《すず》木《き》原《ばら》祐《ゆう》真《ま》
雑誌『トワイライト』の編集長。
UMA好き。
橘《たちばな》麻《ま》衣《い》子《こ》
雑誌『トワイライト』の編集者。
佐《さ》藤《とう》頭《がしら》元《げん》
雑誌『トワイライト』の副編集長。
栗《くり》山《やま》田《だ》時《とき》生《お》
駿の幼馴染みで大学も同じという、腐れ縁。
田《た》仲《なか》千《ち》夏《なつ》
駿と時生の幼馴染み。女子大に通っている。
DANGER
Small white

イラスト／高山しのぶ

怪奇編集部
『トワイライト』
the bizarre editorial division of [TWILIGHT]

プロローグ

　大通りから一本、脇道に入ると、大都会・東京でも途端に人通りは少なくなった。似たような雑居ビルが建ち並ぶ中、大学二年生の御隈川駿《みくまがわすぐる》は長すぎる前髪の間から、番地表示やビル名の表記等をちらちらと確認しつつ、歩いていく。

　──急遽《きゅうきょ》、代わりのバイトが必要なんだ。大丈夫、デスクワーク中心の誰にでもできる簡単な仕事だから。

　大学の先輩の台詞《せりふ》を真に受けて、彼はそのバイト先へと向かっていた。

「ああ、ここだ……」

　やっと目的地を発見できて、安堵《あんど》の声が出る。なんの変哲《へんてつ》もない灰色の雑居ビル、その二階に駿が捜していたバイト先──夜明《よあけ》書房が入っていた。

　一基のみのエレベーターには『点検中』の札が掛かっていた。まあ、いいかとつぶやいて、駿は階段で二階へと向かう。

　夜明書房は一般エンタメ系雑誌──グラビアとか漫画とか釣り関連とか──を発行する

出版社だと先輩から聞かされていた。バイトを急募している雑誌『トワイライト』に関しては、「巷《ちまた》の噂《うわさ》を検証するとか、そっち系だよ」程度の情報しかもらえていない。

「とにかく急ぎなんだ。頼むよ」

と拝まれてしまったし、小さなところとはいえ出版社の仕事に興味もあった。

雑居ビルの二階、ワンフロアぶち抜きの広い空間はロッカーと本棚で仕切られ、担当部署ごとにデスクが固められていた。壁面は雑誌や新刊本のポスターで埋められている。その中にBL系少女漫画誌のきらきらしいポスターを発見し、駿は少々たじろいだ。

（漫画ってこっち系か……）

だが、幸いバイトを募集しているのはBL系雑誌ではない。

「あの、すみません。『トワイライト』編集部は……」

入り口すぐ近くに立っていた痩《や》せた男に声をかけると、相手はこちらを見ずに部屋の奥を指差した。しゃべるのも億劫《おっくう》なのか、疲れた顔で『あっち』と唇だけ動かす。

「ありがとうございました」

駿は礼を言って、本棚とロッカーに挟まれた狭い通路を奥へと進んだ。

フロアのいちばん奥、雑誌『トワイライト』編集部エリアでは、編集者たちがいかにもいそがしそうに業務に勤《いそ》しんでいた。

窓際の独立したデスクは編集長の席なのだろう。ノーネクタイで黒いシャツを着た四十代とおぼしき男性がすわり、無表情で書類をめくっている。顎先《あご》の無精髭《ぶしょうひげ》と黒縁眼鏡のレンズ越しでも伝わってくる目力《めぢから》の強さが、独特の胡散《うさん》臭さを醸《かも》し出していた。私立探偵ですと名乗られたら、うっかり信じてしまいそうだ。

編集長の近くの席についている三十代男性は、白っぽいポロシャツにチノパンといったラフな格好で、目の細い、あっさり顔だ。

そして、PCと睨《にら》めっこをしている二十代後半の女性編集者がひとり。駿は彼女を見て、身綺麗《みぎれい》なおねえさんだなといった印象をまず受けた。

働いているのはこの三名で、あとは書籍や郵便物の束が山と積みあがった無人のデスクが並ぶばかりだった。いかにも仕事中といった空気が漂い、声をかけるのが憚《はばか》られる雰囲気ではあったが、このままずっと立ち尽くしてもいられない。

「あのぅ……」

女性編集者がちらりとこちらを振り返った。

「大学の先輩から紹介されてきたんですが、『トワイライト』編集部って……」

こちらですよね？　と訊《き》こうとする前に、

「バイト？」

女性編集者の意外な大声にさえぎられてしまった。

間髪を容れずに窓辺の編集長が勢いよく立ちあがる。

「バイトか」

編集長に続けて、あっさり顔の編集者が念を押す。

「バイトくんだね？」

「はい……」

駿がうなずくや否《いな》や、女性編集者が動いた。

「じゃあ、これコピーして。付箋《ふせん》がついているところ、全部」

本の山がずいっと駿のほうへ押しやられる。崩れそうになったその山を、駿は咄嗟《とっさ》に両手で支えたが、いちばん上の本だけは床に落ちる。はずみで、付箋がつけられていたページが開き、そこに掲載されていた写真が目に入る。

駿は、うっと息を呑《の》んだ。

火災が起きたとおぼしき室内の白黒写真だ。煤《すす》けた壁の手前に黒焦げの何かが横たわり、そこから二本の白い足がV字に投げ出されている。

「なんですか、これ……」

「知らないの？　けっこう有名よ。人体自然発火の現場写真」

「人体自然発火？」

日常会話の中にそうそう出てくる用語ではない。ただ、昔、テレビの特番か何かで聞いたような記憶はあった。

「確か、火の気もないのに突然、人体が燃えあがる怪奇現象で……」

「わかってるじゃない」

ただ、どうしてその現場写真をコピーしなくてはならないのか、その必然性が考えつかない。『トワイライト』は「巷の噂を検証するとか、そっち系」の雑誌らしいが、最近、ひとが突然、燃えあがるような事件でも発生したのだろうか？

（聞いたおぼえがないな……）

駿が首を傾《かし》げていたところに、あっさり顔の編集者が口を挟んできた。

「そのコピー、急ぎ？　お使いのほう、先に頼んでいいかなぁ」

「お使い、ですか？」

「急いで編プロに届けてほしい校正があって」

「編プロ？」

「編集プロダクション。校正作業とか入稿作業を代わってやってくれるとこね。そんなに遠くはないよ、ここから三つ先の駅を降りて、割に近くだから」

「はあ」

デスクワーク中心と聞いていたが、そうでもないらしい。

「じゃ、頼むね」

と、校正紙の入ったＡ４サイズの封筒とお使い先の地図を渡された。九州の片田舎から進学のために上京して一年と少し、いまだに東京の地理に慣れておらず、いささか心許《こころもと》ないが、こうなると行かざるを得ない。

「寄り道しないでまっすぐ帰ってきてね。コピーがきみを待ってるんだから」

女性編集者がすがりつかんばかりの目をして言う。よっぽど切羽詰まっているらしい。

はいはい、わかりましたと約束して、駿は校正紙を届けに出かけていった。

電車を利用して三つ目の駅を降り、少々歩いた先の目的地へは、見やすい地図のおかげで迷うことなくたどり着けた。こちらも雑居ビルの一角だ。

「すみません。夜明書房からの使いの者ですが——」

そう呼びかけると、むこうも待ちかねていたように「はいはい」と応じてくれた。

「中身、ちょっと確認させてね」

実直そうな男性がＡ４の封筒をあけ、校正紙を取り出す。その紙面には、リアルタッチな美女のイラストに加え、理科の教材のような正確さで太陽系の惑星配置と彗星《すいせい》軌道が貼りこまれていた。余白には赤ペンで「ルビ」「トル」「□□アケル」などの指示が見える。

「はい、確かに。ご苦労さん」

「はあ……」

無事に務めを果たし、夜明書房に戻る道すがら、駿の頭の中では太陽系の惑星及び彗星がぐるぐるとまわっていた。その中心に横たわるのは真っ赤に燃える太陽ではなく、謎の人体自然発火によって上半身が焼失してしまった遺体だ。およそ接点のなさそうな事象が、雑誌『トワイライト』の中では共存している……。

不意に思いつき、駿は駅前のコンビニへと足を踏み入れた。窓際の陳列棚に直進し、表紙をこちら側に向けて並んでいる雑誌を見まわす。お目当ての『トワイライト』今月号はすぐにみつかった。

朱色の五重塔《ごじゅうのとう》と五芒星《ごぼうせい》を組み合わせたイラストの表紙に、〈総力取材！　京都大魔界〉、〈ピラミッドの隠し財宝〉、〈月面のナチス秘密基地〉、〈いまこそ再検証　ノストラダムスの大予言〉といった文言《もんごん》が躍《おど》っている。

「こっち系か！」

巷の噂を検証するとか、そっち系——という表現もあながち間違ってはいない。懐かしの都市伝説、口裂け女に関するレポートも掲載されている。つまり、『トワイライト』は謎と神秘と怪奇と不思議をクローズアップするエンタメ系オカルト雑誌だったのだ。

駿は長い前髪をぐしゃりと握って、低くうめいた。正直、こっちだとは思っていなかっただけに、だまし討ちに遭った気がしなくもない。

が、紹介してくれた先輩も説明が足りていなかっただけで、だますつもりまではなかったはずだ。不充分な説明を想像で埋め、社会派ドキュメンタリー系の雑誌だろうと、駿が勝手に解釈していた向きはある。

では、事実が判明したところで、どうするか。編集という職種そのものには興味があるし、ここまで来ておいて、断る理由も思いつかない。それに……。

UFO《ユーフォー》やUMA《ユーマ》の類《たぐい》は嫌いではなかった。

小さな頃から、その手のテレビの特番は欠かさず見ていた。怖いけれども、わくわくして。ホントかと疑いつつも、翌日、学校では同級生たちとその話題で大いに盛りあがって。

下校時、赤く染まった夕暮れの空を、UFOを探して友人たちと見上げたのも一度や二度ではない。そして、ついに冬のある日、暗くなった空に動く光点をみつけた。流れ星のように消えることはなく、一定の速度で夜空を横切っていった光。いまにして思えば、あれはたぶん人工衛星だったのだろうけれど、小学生の駿は友人と飛びあがって大はしゃぎした――

『トワイライト』今月号を棚に戻して、駿はコンビニをあとにした。編集部に戻ると、例の女性編集者が諸手《もろて》をあげて迎えてくれた。

「おかえりなさい。さあ、コピーよ」

単に労働力のみを求められているにしても、輝かんばかりの笑顔で迎えられるのは、ちょっぴり気持ちよかった。

その気持ちのよさのまま、コピーにとりかかる。付箋を貼られているページは自然発火の焼死体やら、古代のミイラやらの怪しい写真が満載だったが、これも仕事と割り切れば、さほど気にはならない。

「できましたよ」

「ありがとう。ええっと……何くんだっけ？」

いまさらながら、自己紹介も何もしていなかったことに気がついた。

「御隈川です」

名字を告げ、リュックの中から履歴書を取り出す。女性編集者はさっそく履歴書を受け取り、目を通した。

「御隈川シュンくん？」

ちゃんと読みも書いてあるのに、彼女は駿の名を読み間違えた。

「スグルです」

「ああ、ごめんなさいね。わたしは橘《たちばな》 麻衣子《まいこ》」

彼女——麻衣子は名を名乗ると、あっさり顔の編集者を振り返った。

「サトーさん。はい、バイトくんの履歴書」

彼は履歴書を受け取り、駿には名刺を差し出した。

「どうも。副編集長の佐藤頭元《さとうがしらげん》といいます」

サトーさんではなく、相当珍しい名字だった。

「あっちは編集長の鈴木原祐真《すずきばらゆうま》さん。未確認生物のＵＭＡが大好きなんで、みんなからはユーマさんって呼ばれてるけどね」

編集長の鈴木原は軽く手を上げただけで、書類から顔を上げもしなかった。

さすがにバイトの身ではユーマさんとは呼びにくい。とりあえず、鈴木原さんと呼べばいいだろうと駿は思った。

やっと自己紹介が終わり、空いているデスクをあてがわれる。机上に積みあがっていた本をそのまま床に降ろし、使えるように整理していると、佐藤頭がPC画面をみつめつつ、うーんとうなった。

「パッとしないなぁ……」

麻衣子が仕事の手を止めないまま、彼に声をかける。

「また心霊写真ですか？」

「うん。このところ、地味なのばっかりでねぇ」

「人気コーナーも大変ですね、期待値が高くて」

好奇心を刺激され、駿も佐藤頭の背後からPC画面を覗《のぞ》きこんだ。

旅行先でのスナップ写真なのだろう。木洩《こも》れ日に輝く緑を背景に、若い女性が三名、こちらに向かって明るく笑いかけている。右端の女性の肩の上に白っぽいもやがかかって、これが心霊らしいのだが、近くで焚《た》き火でもしているんじゃないのかと突っこみたくなるレベルだ。

「もっと派手にもやもやしてくれるならともかく、これだけだとちょっとね。やっぱり、霊の顔とか手とかがはっきり写ってくれないと、せっかくのカラーページがもったいないよ」

真面目に愚痴《ぐち》る佐藤頭に駿が、

「この写真、百八十度回転させてもらえます？」

「いいけど？」

さっそく操作がされ、写真の天地が入れ替わる。上下逆さまになった写真をみつめ、駿はその一角を指差した。

「ここ。ここに子供の顔みたいなものが出ています」

佐藤頭が細い目を瞠《みは》り、麻衣子も振り向く。

「それから、こっちにも。女のひとかな？　あと、ここにも横顔が、お年寄りっぽいですね。ああ、ここにも。ばっちしカメラ目線ですね」

駿がひとつひとつ指摘していくと、佐藤頭の目も途中から慣れてきたらしく、

「もしかして、これも顔かい？」

「ですね」

麻衣子も面白がって心霊探しに参加してきた。

「ここにもあるわよ。うわっ、怖ーい。これ、手じゃない。いったい何体集まっているの

よ」

「数えてみましょうか」

顔と認識できたものだけでも八体はみつかった。生きている被写体よりも頭数は断然多い。思わぬ収穫に、佐藤頭は笑みをこぼす。

「霊の集合写真か。いいね、いいね」

にぎわいに釣られ、鈴木原が席を立って近づいてきた。写真よりも駿のほうに興味をいだいたらしく、彼を間近でみつめて尋ねる。

「きみ、ひょっとして霊感持ち？」

「いいえ。実家は神社ですけど、霊感も超能力もありません」

「でも、写真に写っている霊に気づいたよね」

「ただの勘ですよ。ひとつ気づけば、あとは芋づる式っていうか」

「ふうん……。宮司《ぐうじ》の息子さんなら、将来は神社を継ぐ予定？　専攻は神道学科？」

「いいえ。弟が継いでくれるそうなんで、ぼくは外国語学部に進みました。将来は地方公務員希望です」

よくされる質問なので、答えもすらすらと口をついて出る。

鈴木原は腕組みをして考えこんでいる。自然にずり落ちてきた眼鏡の中心を、彼は人差し指でもとの位置に押しあげて言った。

「……実は、うちではバイトくんに必ずやってもらうテストがあるんだが」

「テスト、ですか?」

「そう硬くならなくてもいい。課題で提出する小論文の練習だとでも思って、ちょっと短めの文章を書いてみてくれたまえ。テーマはそう……『未確認生物とわたし』」

佐藤頭が横から声をかけた。

「大雑把《おおざっぱ》に『ぼくの不思議体験』でいいから。UFOとか心霊とか」

麻衣子が言う。

「出来次第では、うちの雑誌に載るかもよ」

要するに、読者コーナーのサクラ兼、どの程度の戦力として使えるか、文章力を見ようというのだろう。ただの雑用係と聞いていたのに、もしかしたらライター作業もやらせてもらえるかもしれない。それはそれで面白そうだなと駿は思った。

「わかりました。ある程度、机が片づいたら書いてみます。提出はいつまでですか?」

「できれば今日中によろしく」

何をテーマに書くか考えながら、駿は片づけを再開させた。せっせと手を動かしていると、フロアの入り口に作業服姿の男性がひょっこりと顔を出した。

「エレベーターの点検、終わりました」

入り口にいちばん近い、別の編集部から「ご苦労さまでーす」の声があがる。

ぼそりと麻衣子が小声で駿に言った。

「うちのビル、エレベーターがやたら故障するのよね……」

「そうなんですか?」

「どうしてだと思う?」

麻衣子は意味ありげにニヤリと笑った。その表情だけで理由がわかった気がしたが、とりあえず訊いておく。

「何かあったんですか?」

「うん。二十年くらい前、まだこのビルに夜明書房が入ってなかった頃に、事故があってね。残業でひとり遅くまで残っていた社員が退社しようとしてエレベーターに乗ったら、どういう具合でそんなことになったのか、誰も見ていないからわからないんだけど、閉まるドアに首が挟まれてしまって……」

「うわぁ……」

「翌朝、いちばんに出社してきたひとがみつけたときには、もう亡くなってて。死因は窒《ちっ》息死《そくし》だっていうから、首が切れるところまではいってなかったらしいけれど、それ以来、いくら整備してもかなりの頻度《ひんど》でエレベーターが故障するのよ。ドアが開いたまま昇降したりとかね。機械をごっそり入れ替えても変わらなくて、だからみんな言ってるわ。『亡くなったひと、いまだにドアが閉まるのが怖いんじゃないか』って——」

怪談話が好きなのだろう。語る麻衣子は実に楽しそうだ。駿は、

(ああ、それで)

と思いつつ、フロアの入り口を見やった。

ここに来たとき、『トワイライト』編集部の場所を教えてもらった痩せた男、彼の姿はもうそこになかった。エレベーターの点検が終わったので、そちらのほうへ戻ったのかもしれない。

(首を挟まれたときに喉を潰したのか。だから、声が出せなかったんだな……)

心霊体験がまたひとつ増えたわけだが、発生場所が身近すぎて、このネタでいま『ぼくの不思議体験』を書くのはさすがにためらわれた。

(やっぱり、小学生のときのUFOネタで無難にまとめるか?)

迷いながらついたため息に、駿の長すぎる前髪が小さく揺れていた。

恐怖！　上野に眠る戦死者の亡魂

東京、上野《うえの》――

大勢の花見客をこの地に引き寄せた桜の花も散り、ほとんどが葉桜となっている。それでも、平日の上野恩賜《おんし》公園はかなりの人出でにぎわっていた。

動物園、美術館に博物館と、ここを訪れる目的はさまざまだ。単に大学への通り道にしている学生、不忍池《しのばずのいけ》の周囲をウォーキングするシニア、外まわりのついでに時間潰しで立ち寄ったサラリーマン、道行くひとびとに奇術や楽器演奏などのパフォーマンスを披露している姿も見られる。

橘《たちばな》麻衣子《まいこ》は、エンタメ系オカルト雑誌『トワイライト』の取材でここに来ていた。

「こんなところにあったんだ、彰義隊《しょうぎたい》の墓。全然、知らなかったわ」

そうつぶやきながら、好奇心旺盛《おうせい》に目を輝かせる。彼女の前には、鉄柵で囲われた立派な墓碑《ぼひ》が鎮座していた。両側には大きな石灯籠《いしどうろう》が配置され、献花台には花が手向《たむ》けられて、新緑の木々を背景に歴史の重々しさを感じさせている。

彰義隊とは、この国が大きく変わろうとしていた幕末の慶応《けいおう》四年（一八六八）、旧幕臣たちによって結成された有志隊だ。だが、歴史の流れを変えることは叶わず、結成から三カ月後、彰義隊は新政府側と交戦し、ここ上野にて壊滅している。

麻衣子は職場から連れてきた学生バイトの駿《すぐる》を振り返った。英字ロゴの入ったTシャツにブルージーンズと、彼の身なりは至って普通だった。長すぎる前髪が顔にかかってうっとうしげな点を除けば、これといって目立たない。

「シュンくん。じゃあ、さっそく写真、撮ってくれるかな」

「スグルです」

「ああ、ごめんごめん」

謝る端《はし》から、麻衣子の頭から駿の本名が抜け落ちたのが傍目《はため》にも明らかだった。スグルよりシュンのほうが響きがいいのにと、実際に言われたこともある。

バイトを始めてまだ日の浅い駿は、麻衣子に間違った名前で呼ばれるたびに「スグルです」と訂正していた。だが、こうしてふたりで外に取材に出て、懲《こ》りずに「シュンくん」と呼び続ける麻衣子に、指摘の頻度《ひんど》も次第に下がってきている。そのうち、シュンと呼ばれても、なんの抵抗もなく「はい」と応《こた》えるようになるのだろう。

相手は二十七歳の正社員で、駿は大学二年生。七つの年齢差は、仕方がないかと彼に思わせるに足るものがあった。

そんなことよりも仕事、仕事と、駿は背負ったリュックを下ろしてカメラを取り出した。

彰義隊の墓に向けようとして、

「あ、その前に……」

小さくつぶやき、墓前に両手を合わせる。

「感心ねえ。若いのに」

麻衣子も充分若いくせに、そんなことを言う。

「じゃあ、わたしも遅ればせながら」

駿に倣《なら》って、彼女も彰義隊の墓前に手を合わせた。さらに深く二礼してから、パン、パン、と柏手《かしわで》を響かせる。

「神社じゃないんだから、柏手はいりませんよ」

「え、そうなの？　まずかった？」

「柏手は貴人への拝礼が起源だと言われていますから、やってまずいということはないと思いますが、一方で凶事には大きな音をたててはならないとも言いますんで、お墓ではやめておいたほうが無難でしょうね」

「シュンくんは物識《ものし》りね」

褒められたからではなかったが、今回は名前の間違いを指摘しなかった。

「では、失礼して写真を撮らせていただきます……」

墓に向かって小声で断ってから、駿はカメラのシャッターを押した。パシャリ、パシャリと小気味よい音が続けざまに周囲に響く。

「多めに撮ってね。うまいこと心霊写真が撮れたら、それこそドンと掲載できるわよ。わかっているだろうけれど、心霊写真はうちの雑誌の華だから」

麻衣子はおふざけではなく本気で心霊写真を推奨《すいしょう》していた。次号の『トワイライト』に載せる『上野に眠る戦死者の亡魂《ぼうこん》』ページが彼女の担当だったのだ。そこに隊士の霊が写りこんだ写真が載せられれば、インパクトも増すには違いない。

「新政府軍に敗れた彰義隊の遺体は二百体余り。明治政府にしてみれば彼らは逆賊《ぎゃくぞく》であり、表立って供養することを憚《はばか》られる状況がしばらく続いたっていう記録もあるから、そりゃあ化けて出てもおかしくはないわ……」

　駿が撮影に勤《いそ》しんでいる間、麻衣子は歴史のロマンにひたる。が、そのロマンもいつの間にか世俗的な方向へと脱線していった。

「これがおしゃれなタウン誌の取材だったら、ご当地グルメのページが挟めるのにねえ。上野だったら洋食かな。ドミグラスソースが決めてのスペシャルハヤシライス。お手ごろ価格でランチが食べられるフレンチのお店、森鷗外《もりおうがい》や谷崎潤一郎《たにざきじゅんいちろう》が通ったっていう鰻割烹《うなぎかっぽう》のお店もあるんだって。そういえば、国産鰻が高騰《こうとう》してからというもの、もう長いこと食べていないのよ、鰻重《うなじゅう》……」

　あわよくば取材と称して会社の金で、とろけるように柔らかい名店の鰻重を食したい。そんな欲望がダダ漏れだった。駿は聞こえないふりをして、黙々と墓の写真を撮り続ける。

「撮った？　じゃあ、移動しましょうか」

　パンプスで軽快に歩き出した麻衣子のあとに、リュックを背負い直した駿が三歩下がってついていく。

初夏の薫風《くんぷう》が麻衣子のセミロングの髪と、首まわりにふんわりと巻いたスカーフを揺らしていた。新緑の間から降り注ぐ木洩《こも》れ日はことさらまぶしく、暑すぎも寒すぎもしない。散策するにはいい季節だ。

次の撮影場所、上野大仏は彰義隊の墓のすぐ近く、大仏山《だいぶつやま》と呼ばれる小さな丘の上だった。短い石段を上れば、目の前にパゴダ様式の祈願塔《きがんとう》。右手は絵馬《えま》や守り袋などを大量に取り扱っている志納所《しのうしょ》だ。

麻衣子はさっそく、志納所へと声をかけた。

「すみません。先日、お電話差しあげた夜明《よあけ》書房の橘ですが」

応対に出た初老の男性に名刺を渡し、撮影許可を取ってから、志納所の向かい側の大仏へと歩み寄っていく。

額に印象的な丸い白毫《びゃくごう》、立派な鼻に厚い唇をした釈迦如来《しゃかにょらい》の巨大な顔面だけが、壁面に埋めこまれた形でそこに安置されていた。古代の仏像で頭部だけが残されたものはあるが、顔面のみというのも珍しい。

「かつてはここに大仏殿が建っていたんだけど、火災やら地震やらで建物は消失して、大仏の座像がそのまま、鎮座《ちんざ》していたそうよ」

「露座《ろざ》、ですね。鎌倉《かまくら》大仏みたいな」

「そうそう。それが関東大震災で頭部が落下して、さらに第二次世界大戦中に顔面以外の頭部と胴部は金属として供出されて、とうとう顔面だけに」

「苦労されたわけですね」

「だけど、いまでは『これ以上、落ちない』とか言って、受験生に人気なんだって」

「どん底まで行けば、あとはポジティブに這《は》い上がるしかないってことですか。そういう打たれ強さは嫌いじゃないです」

「まあね。ここは別に怪奇スポットじゃないけど、顔だけの大仏ってビジュアル的にもおいしいから、いい写真、お願いね」

「はいはい」

駿はここでも丁重《ていちょう》に手を合わせてからカメラ撮影に入った。

「やっぱり、神社の息子さんだから信心深いのかな」

「よく言われます。信心とは違うと思いますけどね」

「じゃあ、何？」

「癖かな」

駿は撮影が終わると、大仏だけでなく祈願塔にも律儀に拝礼した。

神道と仏教の違いを、彼はさほど意識していなかった。そもそも、明治になって廃仏毀釈《はいぶつきしゃく》――仏教排斥《はいせき》運動の嵐が吹き荒れるまで、両者は渾然《こんぜん》一体となっていたと称しても、あながち間違いではなかったのだ。たとえば、神社に属した寺院である神宮寺《じんぐうじ》の存在、土着の神々が仏法の守護神として取りこまれていった例などが、その証《あかし》と言えよう。

「あと、不忍池のまわりでも写真、撮っておこうか。ほら、水場って霊が集まりやすいっていうし」

「目的は心霊写真ですよね？」

「うん。これぞっていう写真がないって、サトーさんがいっつもぼやいているから」

『トワイライト』の副編集長、珍名の佐藤頭元《さとうがしらげん》も、麻衣子にかかっては日本人最多名字のサトーさんにされてしまう。このふたりに編集長の鈴木原《すずきばら》を入れた計三名で『トワイライト』編集部はまわっている。この人数で月刊誌を発行するのはなかなか厳しく、常にアルバイトが入っては辞め、入っては辞めていくのが現状だった。

麻衣子と駿は上野大仏をあとにして、不忍池へと移動した。

中央には弁財天《べんざいてん》を祀《まつ》る弁天島、その島と岸とを繋《つな》ぐ遊歩道で、不忍池はボート池、蓮《はす》池、鵜《う》の池の三つに分かれている。ふたりはいちばん面積の広い蓮池に沿って歩き、ところどころで写真を撮っていった。

夏には蓮の花と緑で埋め尽くされる蓮池も、この季節ではまだ茶色く枯れた蓮が池の中央に固まっているだけだった。水面《みなも》は遊泳するカモ類たち——頭の冠羽《かんう》と金色の目が特徴的なキンクロハジロ、赤茶色の頭をしたホシハジロ、全体的なラインが優美なオナガガモなど——に占領されている。彼らにとっては北へ向けて旅立たねばならない時期だけに、餌探《えさ》しに余念がない。

　普段は気にもしていない野鳥たちも、カメラでズームしてみると、羽根の細かな模様など、意外な表情がわかって面白い。それを麻衣子に言うと、

「こらこら。バードウオッチングじゃなくて、心霊さんを探しなさい」

「はいはい」

　仕事だったなと思い直し、カメラを池の中央へと向けてみる。枯れた蓮が密集して、そこならば何か怪しげなものが撮れそうな気がしたのだが、茶色い茎の間で怪しい動きをしていたのは、やはり野鳥――首の長いアオサギだった。

　見られていると気づいたのか、アオサギは枯れ蓮の林の奥へとゆっくり移動していく。なんとなく、その動きをカメラ越しに追っていた駿は、ファインダーの端に一瞬、入りこんだものにぎょっとした。

　水面から、ひとの顔が半分だけ出て、こちらをみつめている――ように見えたのだ。

　本能的に目をそらし、そんなはずがあるものかと思って、すぐにまたカメラを向け直す。だが、もうそこに顔はなかった。アオサギも完全に姿を消している。

「どうかしたの？」

「ああ、いえ……」

　駿は麻衣子を振り返り、首をゆるく横に振った。

「なんでもないです」

「なぁんだ。心霊さんをみつけてくれたのかと期待したのに」

「そう、うまくはいきませんよ」

駿は軽く流して岸辺の柳へとカメラを向けた。芽吹き始めた細い枝先のむこうには、弁天堂の八角形の屋根が見えていた。


「で、どうだった。上野の取材」

小学校からの付き合いで、いまでは同じ大学に通っている立派な腐れ縁、栗山田時生《くりやまだときお》に訊かれ、駿はうーんとうなって部屋の天井を見上げた。

そこは駿が住まうアパートの一室だった。六畳一間にシングルベッドと机と炬燵《こたつ》——季節柄、炬燵布団は押し入れにしまわれて、ただのテーブルになっている——が置かれているのでかなり狭い。

時刻は午後の七時をまわった頃で、炬燵の上には、缶チューハイや枝豆、ポテトチップスなどのコンビニで買ってきたつまみが所狭しと並べられている。

「……どうって、まあ普通」

それではあまりに素っ気《そっけ》ないと思い直し、枝豆に手をのばしながら、もう少し詳しく答える。

「彰義隊の墓を撮って、上野大仏を撮って、不忍池のまわりを歩いて撮って……」

「おまえ、カメラの趣味とかあったっけ？」

「いいや、全然。橘さんよりはマシな写真が撮れるだろうって理由で、撮影係を仰せつかっただけ」

「橘さんって、バイト先の編集さんか。美人？」

「美人の基準がよくわからないんだが」

「わかれ。わからないとか言う前に考えろ」

駿は考えるふりだけをして適当に応えた。

「たぶん普通」

「普通っても、いろいろあるだろうがよぉ」

時生は茶髪の軽そうな外見に見合った、軽薄な感じでからんでくる。駿は仕方なく、

「仕事の話をしているときはかわいいかもしれない」

仕事、つまり心霊写真が撮れたかどうかと尋ねるときの、麻衣子の嬉《うれ》しそうな顔を思い浮かべて、前向きな表現を試みる。

「そうか、かわいいのか」

急に時生が声をはずませた。彼の栗《くり》色の目が無駄に輝いている。過剰な期待をさせては

いけない気がして、駿は情報をさらに追加させた。

「歳《とし》は確か、二十七」

「全然、全然大丈夫、大丈夫」

何が大丈夫なんだ、と訊こうとしたそのとき、トン、トンと玄関のドアがノックされた。

「あ、ちなっちゃんだ」

時生が言う。駿も、時生と共通の友人、田仲千夏《たなかちなつ》だと思った。女子大の帰りに寄ると連絡があったからだ。

小学校のときから、登下校のコースが同じだったという理由で、三人はよくいっしょに遊んでいた。高校に進む頃になると、千夏とはなんとなく距離ができてしまったが、彼女がこちらの女子大に合格し、同じ路線沿いに住むようになってからは、また付き合いも復活していた。

都会に娘を送り出すにあたって、近くに知った顔がいれば安心、と千夏の親も考えたのだろう。異性ではあるにせよ、ひとりではなくてふたり——時生は駿のアパートから駅を挟んで反対側に住んでいる——、片方は見た目はチャラそうでも中身は実は真面目、もう片方も真面目の塊、宮司の息子と知っているだけに、心証もいい。

駿たちのほうも千夏を歓迎し、異性と意識せずに済む気楽な仲間として彼女に接していた。

時生がよっこらしょと立ちあがって玄関へと向かった。駿は缶チューハイを飲みながら、その後ろ姿を目で追っていた。

　玄関のすぐ横の曇りガラスの窓に、ドアの前に立った人影がぼんやりと映っていた。小柄なそのシルエットだけでは、本当に千夏かどうかは判別しがたい。が、ほかに訪ねてくる相手も思いつかない。

　そのとき、小さな違和感が駿の脳裏をかすめた。

　どうしてノックなのか。チャイムがあるのに、ドアのむこうのあの人影は、なぜそのボタンを押さなかったのか。

　しかし、時生はそこまで気がまわらなかったらしく、

「いま、あけるよぉ」

　間延びした口調で呼びかけながら、ドアをあける。次の瞬間、

「……あれ？」

　時生が不思議そうにつぶやいた。さらに続けて、

「うわ、気持ち悪い」

　いったい何事が起こったのかと、駿も腰を浮かせる。

「どうした？」

「いや、それが――」

時生がとまどい顔でこちらを振り返った。大きく開かれた玄関ドアのむこうには、誰もいない。曇りガラスに映っていた人影も、いつの間にか消えている。

「見てくれよ。床が濡れてる」

時生に言われて覗《のぞ》きこむと、ドアの前のコンクリの床が濡れて黒ずんでいた。

鉄筋コンクリートのアパートの二階、通路部分には屋根もちゃんと設置され、よほどでなければ雨が吹きこんでくることもない。そもそも、今日は朝から快晴だった。アパートと隣のマンションの間から覗く狭い夜空には、まばらに星が輝いている。洗濯機置き場は室内にあり、通路で水漏れ等が起こるはずもなかった。

駿はうーんとうなって、長すぎる前髪を掻《か》きあげた。意外に端整な目もとが一瞬だけ覗くも、落ちてきた前髪にすぐ隠されてしまう。

「誰か、部屋番号を間違えてノックしたんだろう。で、時生がドアをあける前に間違いに気づき、あわてて離れた」

「そうか……？」

時生は誰もいない通路を見まわしてから、疑わしげな視線を駿に向けた。

「濡れた床はどう説明するん？」

「銭湯《せんとう》に行った帰りで、髪がまだ濡れてた。あ、プールの帰りだったかもしれない」

「銭湯はともかく、プールは早すぎだろ……」

納得いかないといった顔をしつつ、時生はドアを閉めた。

千夏が現れたのは、それから十分ほどしてからだった。

真っ黒なショートボブ、化粧っ気のない千夏は、女子大生というより高校生のようだ。

部屋に上がるなり、炬燵テーブルの上を見て、彼女は非難がましくつぶやいた。

「あ、やっぱりスナック菓子ばっかり」

「なん言よるか、枝豆もあるとぞ」

時生が故郷の言葉を混ぜて反論する。駿と話すときはそうでもないが、千夏がまざると微妙に言葉が変わってしまう。気持ちが小学生児童に戻るのかもしれない。

「枝豆だけじゃ食物繊維、足りないでしょうが。ほら、野菜野菜」

千夏が駅前のスーパーで買ってきたサラダや野菜の煮物を狭いテーブルに並べていく。さすがに野菜物だけではなく、鶏《とり》の唐揚げと缶ビールも出てきた。さっそく時生が缶ビールに手をつける。

「おお、サンキュ。駿ん家は缶チューハイしかなくてさ。あれ、甘いんよねぇ」

「飲んでおいて文句を言うか」

ビールが苦手な駿の家には、もっぱら甘い缶チューハイしかない。

「わたしは甘いほうが好きだけど」

千夏は自分で買ってきた梅酒を取り出し、改めて三人で乾杯をした。

時々、こんなふうに三人で集まって晩酌《ばんしゃく》をする。場所はもっぱら、駿の部屋だ。時生の部屋は散らかって足の踏み場もないし、千夏のマンションは同じフロアに詮索《せんさく》好きなおばさんが住んでいるので入り浸るには抵抗があり、結果的にこうなった。

「そういえば」

梅酒をひと口飲んでから、千夏がおもむろに言った。

「アパートの前に変な女のひとがおったよ」

変な女のひと？　と、駿と時生が異口同音にくり返す。

「うん。白っぽい浴衣《ゆかた》みたいなんを着てて、髪の毛も濡れてた」

時生が顔を強《こわ》ばらせて駿を振り返る。さきほどの、ドアをノックした不審者のことを思い出しているのは明らかだった。駿はそれに触れず、

「銭湯の帰りだろ。それかプール」

「プールはまだ早いんやない？」

千夏がさっきの時生の台詞《せりふ》と似たような発言をして首を傾《かし》げる。

「なんか昔っぽいっていうか、お化け屋敷の幽霊役みたいで不気味で。ちょっとおかしいひとなのかもって気がしたから、なるべく、そっちを見らんごとして階段上り出したら、背中にずうっと、そのひとの視線を感じるんよね。粘っこい厭《いや》ぁな視線で、なんでそんな目で見るんって気持ち悪くなって、階段上りきってから振り返ったら、もういないの。寸

前まで気配はびんびんに感じていたのによ。それがまるで消えたみたいに……」

　思い出しただけで鳥肌が立ったらしく、千夏はおのれの腕をぎゅっと押さえこんだ。もらい鳥肌に見舞われたか、時生も腕をさすっている。

　六畳間を照らす吊り下げタイプの照明に変化はまったくなかったのだが、感覚的に部屋が薄暗くなった気がした。それとは対照的に、外の宵闇《よいやみ》は視界に入っていないにもかかわらず、その存在感を増していく。少しずつ、着実に。

　このままだと、二階建ての小さなアパートは夜に簡単に押し潰されてしまいそうで。そうなったとき、外に無防備に投げ出された駿たちは、夜の物《もの》の怪《け》たちにいっせいに襲われるに違いない――

「じゃあ、上野から何かついてきたかなぁ」

　駿はわざと明るく笑い飛ばした。時生と千夏も笑ってくれると思いきや、想像していたような反応は返ってこない。

　ふたりは眉をひそめて駿の顔を凝視していた。

「ついてきた？」

「上野って、こないだ言ってた雑誌の取材？」

「ああ、彰義隊の取材で上野に行って――」

「でも、何もなかったみたいなこと、さっき言ってたじゃないか。普通だって」

「そう、普通。心霊写真も撮れなかったし――」

たちまち、千夏の目尻が吊りあがった。

「心霊写真？　歴史ミステリの取材じゃなかったと？」

千夏の追求が始まる。こうなると、もう誤魔化《ごまか》せない。仕方なく、不忍池で水面から顔を出していた何者かの話をすると、

「馬鹿《ばか》か、おまえ！」

「馬鹿なの、駿っちは！」

ふたりから同時に怒鳴られてしまった。

「馬鹿、馬鹿、言うなよ……」

「言いたくもなるわい、ボケ。何度目のお持ち帰りだ」

「だから、オカルト雑誌のバイトなんかやめとけばよかったのに。って言ったよね、わたし」

「いや、だからそれは、先輩から紹介されたバイトだったから断れなくて。編集の仕事自体、面白そうでもあったたし、UFO《ユーフォー》とかUMA《ユーマ》とか都市伝説の類《たぐい》なら畑違いだから問題ないとも思って――」

駿の言い訳も、熱くなった時生と千夏には功を奏さない。

「おまえ、この期《ご》に及んで危機感まったくないだろ！」

「ないよね！」

「中学の修学旅行のとき、怪談やってる部屋に入ってポルターガイスト現象引き起こしたよな！」

「よね！」

「おい、待てよ。その言いかたじゃ、おれが起こしたみたいじゃないか……」

「高校のときも、肝試しで廃病院にもぐりこんで、参加者全員をビビらせるような大惨事《だいさんじ》に――」

「何それ、わたし知らない。そんなことやらかしてたの、駿っちは」

ふたりがかりで責められ、辟易《へきえき》した駿は空になった缶を片手に立ちあがり、逃げるように台所へと移動した。時生たちのうるさい糾弾《きゅうだん》を背中で聞き流し、冷蔵庫から新しい缶を取り出してから、彼はちらりと玄関横の窓へと目を向けた。

曇りガラス越しに中を窺《うかが》う人影が――見えるかと思いきや、そこには誰もいなかった。

第一、千夏がアパート前で遭遇した女が、不忍池で目撃した水面の顔と関係があるとはまだ限らない。玄関前が濡れていたのも、思いつかないだけで、ちゃんと説明はつくのかもしれない。

「大丈夫だって。そんなに言うんなら、あとで清《きよ》めの塩でも撒いておくから」

宮司《ぐうじ》の息子らしい解決策を提示すると、

「いまやって」
「いまやれ」
時生と千夏にまた同時に怒鳴られてしまった。

玄関前と窓のすぐ内側と、六畳一間側にも盛り塩をしたせいか、その夜と翌日は何事もなく過ぎていった。

翌々日、駿はバイト先の夜明書房へと向かった。オフィス街の路地裏に慎ましやかに建つ雑居ビルに入ると、エレベーターの扉前に『点検中』の札が下がっているのが目に留まった。

それでも、残念に思う必要はない。『トワイライト』編集部はありがたいことに二階だ。階段を上って、「おはようございます」の挨拶《あいさつ》とともに編集部に入室する。正社員にはフレックス制が導入され、出社時刻は自由なため、午前中はひとが少ない。駿のようなバイトが電話番として出てきているぐらいのものだった。

ところが、『トワイライト』編集部のエリアには珍しく麻衣子が午前中から出社し、パック入りのカフェオレをストローで飲みつつ、パソコンと睨《にら》めっこをしていた。入稿日が近いと、こういうことは間々ある。深夜まで残業するよりも、早朝出勤してきたほうが効率もいいし美容にもいいと、いつだったか当人が強く主張していた。その割に、麻衣子の横顔にはすでに疲労の色が表れていたが……。

「おはようございます、橘さん」

「おはよう」

挨拶を返しながらも、麻衣子はＰＣ画面から目を離さない。ストレスも相当たまっているのだろう、ストローの先端は噛《か》み潰されてギザギザだ。

「切羽詰まってます？」

訊かずもがなのことを訊くと、麻衣子は地獄《じごく》で悶《もだ》え苦しむ亡者《もうじゃ》のごときうめき声を発した。

「……いまやってる分はギリギリ間に合いそう。でも、上野の記事は全然手をつけてない。もう絶望的……」

本当に絶望していたのだろう。麻衣子は突如、険しい形相を駿に向け、

「シュンくん、書いてみる？」

「スグルですけど――ぼくがですか」

「ライター志望だったよね？」

「そんなこと言いましたっけ？」

「大学生でしょ。だったら書けるでしょう、文章」

「そうとも限りませんって」

「でもほら、神社の息子さんなら神道学科に進んで宮司の資格を取るのが普通なのに、親御さんの反対を押し切ってわざわざ違う学部に進んだのは、きっと文学に対する並々ならぬ情熱があったればこそで――」

「反対はされてませんよ。弟が跡を継ぐから好きにしていいって言われて」

「わかった。じゃあ、とにかくレポートの練習だと思ってやってみない？　それに、きみの書いた文章、読みやすかったって編集長が褒めてたわよぉ」

「本当ですか?」

「ホント、ホント、とてもホント」

麻衣子は人形芝居の操り人形のように下顎《したあご》をカクカク揺らして強調した。仕事を少しでも減らしたいがための世辞《せじ》だとわかっていても、褒められて悪い気はしない。彼女の口車に乗せられて、気づけば駿は上野の資料一式を受け取っていた。

「掲載写真の説明文も忘れずにね。使うのは、きみが現地で撮ってくれたこの写真と、彰義隊の隊士たちが写っている当時の写真、それから月岡芳年《つきおかよしとし》の血みどろ絵」

「血みどろ絵?」

「無惨絵《むざんえ》ともいうんだって。幕末から明治にかけて流行った、文字通り血みどろな絵。中でも芳年の『魁題百撰相《かいだいひゃくせんそう》』は彰義隊が壊滅した上野戦争を取材して描かれたものだから、今回の記事にぴったりなの」

　見せてもらった芳年の絵には、負傷した同朋《どうほう》の肩を抱き、水を飲ませてやっている隊士や、腹に刀を突き立て自害する青白い顔の若武者などが描かれていた。陰惨であるものの芳年の筆致は繊細で、耽美《たんび》と形容してもいいほどだ。

「若いですね……」

「ああ、うん、隊士ね。資料によると、二十代、三十代が多かったそうだし、理想に燃えて無茶な実力行使に出るのは、いつだって若い世代ってことなのかもね」

　修羅場《しゅらば》の疲れと、仕事がひとつ減った安堵《あんど》感が妙なふうに作用したのか、麻衣子は急に芝居がかった口調に転じた。

「江戸幕府最後の将軍、徳川慶喜《とくがわよしのぶ》は新政府に恭順の意を表して、上野寛永寺《かんえいじ》に謹慎蟄居《きんしんちつきょ》。それに不満をいだいた旧幕臣たちが集《つど》ったのが彰義隊の始まり。目的は幕府復興、スローガンは『尽忠報国《じんちゅうほうこく》』、国に報いて忠を尽くす。しかし、時代の流れは止まらず、新政府軍は彰義隊の武力討伐に乗り出して、上野の山は戦場と化した。累々《るいるい》と積みあがる戦死者の遺体、その数二百余りは見せしめのため、野ざらしにされ――」

「そして敗者は祟《たた》る」

　ふっ、と麻衣子が片方の口角を上げた。

「そう、そんな感じでお願い」

「いましゃべっていた内容をそのまま書けばいいのに……」

「そう言わずに。第一、自分が何しゃべったか、もうおぼえてないわ。大丈夫、できるできる。ほら、この写真を見て」

麻衣子は隊士たちが写っている写真を指差した。

「このひと、スグルくんに似てない？　親近感、湧かない？」

丸めこもうとしているときに限って、呼び名が正しくなる。写真のほうも、似ているようにはとても見えない。第一、月代《さかやき》を剃《そ》った幕末の武士と前髪がのび放題の大学生では、共通点を探すほうが難しい。

「似てませんよ。親近感も湧きません」

「ドライだなぁ。ま、なんにしろ、きみとそう歳の変わらない若者たちが散っていった幕末の悲劇を、その瑞々《みずみず》しい感性でドラマチックに文章化してちょうだいよ。よろしく、よろしくお願いします。ね？」

両手を合わせ、よろしくされてしまったので、仕方なく駿は彰義隊の記事執筆にとりかかった。取材に同行していたせいか、さほど苦労もなく文章はまとまり、午後から出社してきた編集長の鈴木原からも「うん、いいね」と簡潔ながらお褒めの言葉をいただいた。

――そんなふうに一日中、彰義隊のことを考えていたせいだろうか。夜、駿は夢を見た。もちろん、彰義隊にまつわる夢だ。

星空の下、焼け野原が広がっている。かろうじて残った鐘楼《しょうろう》が、ここは大寺院の境内《けいだい》であったことを――のちの上野恩賜公園であることを伝えていた。彰義隊と新政府軍が衝突して上野寛永寺は戦場となり、主要な堂宇《どうう》は消失してしまったのだ。

周囲には数多《あまた》の遺体が転がっていた。夜だというのに、夢だからか細部までよく見える。背中にざっくりと刀傷《かたなきず》を受けて倒れた者、堂宇の焼失に巻きこまれた焼死体、斬り落とされた首など、かなり生々しい。絵師・月岡芳年が取材したのは、この死屍《しし》累々の上野の山だったのだろう。

夢だと自覚しているせいか、駿は比較的冷静にこの惨状を眺めることができた。とりあえず手を合わせ、戦死者の冥福《めいふく》を祈っておく。それ以上はもう何もしてやれない分、心をこめて。

（遺体はしばらく野ざらしにされますけど、遺族からの嘆願もあって、やがては荼毘《だび》に付され、立派なお墓も建てられますから、どうぞ安心してください……）

祈り終わり、顔を上げてから初めて、焼け野原に自分以外にも生者がいることに気づいた。白い人影が遺体の間をふらふらと歩きまわっていたのだ。

女だった。

白装束《しろしょうぞく》にも似た白っぽい着物をまとっている。結いあげた日本髪は乱れて、細い毛先が夜風に躍《おど》っている。

風はお節介にも、彼女のつぶやきを駿のもとに運んできてくれた。

（あなた……。あなた、どこに……）

そうくり返しながら、彼女は無惨な死体をひとつひとつ覗きこんでいる。彰義隊士の身内だろうか。戦死した夫もしくは恋人の屍《しかばね》が野ざらしにされていることに耐えきれなくなり、その首を捜して夜の上野をさまよっているのかもしれない。

気の毒に、と思って見ていると、女が急にこちらを振り返った。

目と目が合う。相当離れていたにもかかわらず、視線の圧力を痛いほど感じる。そればかりか、

（あなた……）

何を勘違いしたのか、女は駿にそう呼びかけ、両手で虚空を大きく掻きながら向かってきた。

急に激しさを増した風が女の結い髪をさらに乱し、袖《そで》や裾《すそ》をはためかせる。その姿はいかにも異様で、あたりに横たう、どの死体よりも鬼気迫っている。

まずい、と駿は本能的に悟った。あの女が間近に来る前に逃げなくてはとあせったが、なぜか身体《からだ》が動いてくれない。両足は地面に縫いつけられたかのように、びくともしないのだ。

その間にも、女は確実に距離を縮めてくる。

（あなた……。あなた……）

風の音にも似た乾いた声が迫ってくる。駿が逃げない――逃げられない――と知って、歓喜している。ひょっとして、彼女が捜す想いびとに駿が似ていたのかもしれない。

哀れではあったが、それ以上に身の危険を感じた。

あの女に捕まってはいけない。けれども、逃げられない。こんなとき、どうしたらいいのか。

（これは夢だ、これは夢だ）

駿はおのれに活《かつ》を入れるため、力いっぱい叫んだ。同時に、目をぎゅっとつぶり、全身に力をこめる。そのこめた力を一気に抜くと、ふわっと身体が軽くなった。

たちまち、意識は夢の世界から現実へと転移する。目が醒《さ》めたのだ。

幸い、夜は明けていた。安物のカーテンでは防ぎきれない夜明けの光が、六畳間を薄明るくさせている。

助かった――布団の中で、ふうと安堵の息をついた途端、

「みつけた」

知らない女の声が、すぐ頭上で聞こえた。

驚いた駿は反射的に布団を勢いよく蹴《け》り飛ばした。誰かがそこにいたのなら、急に反撃されて悲鳴のひとつもあげていただろう。しかし、悲鳴は起こらず、手ごたえもない。蹴

りあげた掛け布団は炬燵テーブルの上に着地している。

いくら見まわしても、六畳間には駿ひとりしかいなかった。


さすがにあれにはギョッとさせられたよ……。

一限目の講義で時生と顔を合わせるや、駿はさっそく夢の話を彼に披露した。

なんでもないことのように明るく話したのだが、聞き手のほうはたちまち顔面蒼白《そうはく》になっていく。

「マジでヤバいじゃないか、それ……」

「そうか、マジヤバか」

飄々《ひょうひょう》と返す駿を、時生は信じられないと言わんばかりの目でみつめた。

「駄目だ、こりゃ本格的に駄目だ。どうにかしよう、どうにかするんだ」

「どうにかって、どうすんだ」

「オカルト系雑誌でバイトしてるなら、霊能力者の知り合いぐらいいるだろ」

「ただの雑用係だから、そういう先生がたと知り合う機会はないなぁ」

「でも、おまえ、このままじゃ――」

時生が不吉なことを口にする前に教授が入室し、話は中断となった。駿はそれで済んだ

ものと思っていたが、時生はその後も対応策をずっと考えてくれていたらしく、講義が終わるや否《いな》や、

「午後の講義ないだろ。上野に行くぞ」

そう切り出した。

「なぜ上野に」

「なぜって、おまえ、上野から霊を拾ってきたんだぞ。もといた場所に帰してやるのが筋だろうが」

しかも千夏まで勝手に呼び出し、あれよあれよという間に、正午すぎに上野で集合との運びとなった。

「なぜ千夏まで」

駿の問いに対する答えは「おれだけじゃ怖いだろうが」だった。千夏も前回の家飲みから、ずっと気にしていたらしいのだ。

「あの夜、駅まで送ってやった帰り道で、ちなっちゃん、おまえのことばかり言ってたぞ」

電車移動の最中、時生はそう教えてくれた。

「実家の神さまもこれだけ離れてると守ってくれなさそうだし、大丈夫なのかホントに、って」

「ホント、おまえ、小学生のときから変わってないな……」

車窓のむこうを流れる都会の光景に目を転じ、時生がため息まじりにつぶやいた。ふたりの故郷は九州の、どこを向いても山が視界に入る小さな町だった。東京に出てきていちばん驚いたのは、『ひとが多い』よりも『山がない』だ。

「昔からヤバそうなこと起こっても、いつも飄々として。それとも、実家の神さまの守りは万全だって安心しているとか？」

「別にそこまで安心はしてないな。うちの御祭神、全国によくある八幡《はちまん》さま系列で、いそがしすぎて、地方の小さな社《やしろ》の息子なんて気にもかけてないだろ」

「じゃあ、なんで」

「なんでだろうねえ。性格かな」

あははと笑って駿は長めの前髪を掻きあげ、時生は肩をすくめる。

電車を乗り継ぎ、到着した上野恩賜公園は、取材に行ったあの日のように多くのひとびとでにぎわっていた。空は青く晴れ渡っているし、幼稚園児たちが元気いっぱい、はしゃぎながら動物園へと行進していく。

千夏はル・コルビュジエが設計した国立西洋美術館の前で駿たちを待っていた。

「やっぱり、あの女のひと、駿っちに憑《つ》いてたんだ」

　夢の話を聞いた千夏は、納得したように何度もうなずいた。

「彰義隊に関係あるひとの霊かどうかは知らんけど、駿っちを気に入って、あっち側に引きずりこもうとしてるのかもしれんね」

「ちなっちゃんは、さらっと怖いこと言うなぁ」

「全然怖がっとらんくせに」

　長い付き合いの賜物《たまもの》か、千夏は駿の心理を正確に読み取っていた。

「で、これからどうすると？」

　なんのプランも思い描いていなかった駿は、時生を振り返った。

「どうする？」

「とにかく、彰義隊の墓参りをしてだな。それから不忍池に行ってみるとしよう」

　時生の発案に従い、まずは彰義隊の墓を詣《もう》で、三人並んで念入りに祈ってから不忍池へと移動する。

　道々、駿は時生と千夏にこの土地が背負っている歴史について解説した。そこは『トワイライト』の記事を書くために読みこんだ資料が充分、役立ってくれた。

「上野って美術館や博物館がいっぱい建ってて、動物園もあって、まさに文化、平和って感じだったけど、そんな歴史があったんだ」

　と、千夏が殊勝なことを言えば、時生も、

「幸せなんだろうな、おれたち」

「――だけど、その平和な上野で霊を拾うなんて、どういうこと？　駿っち、気がゆるみすぎてない？」

「はいはい、すみません、すみません」

「全然、反省してない」

「してないな」

「いやいや、してるってば」

そんな会話を交わしているうちに、三人は不忍池に到着した。蓮池にはあいかわらず、カモ類が大量に群れている。

さてどうするかと周囲を見まわす駿の目に、三つの池に囲まれた弁天堂が留まった。堂へ続く参道の両側には、たこ焼きや冷たい飲み物を売る露店が何店も並んでいる。資料によれば、琵琶湖《びわこ》の竹生島《ちくぶしま》――そこにも弁財天が祀られている――を模して建てられたものらしい。

「弁天さまか……」

弁天堂に祀られた弁財天は七福神のひと柱《はしら》を担《にな》う福神である。芸事の神ともされ、琵琶《びわ》を抱いた美しい天女の姿で描かれることが多い。もともとはヒンドゥーの女神、サラスヴァティーだ。サラスヴァティーは川の女神、つまり水神で、弁天堂がよく水辺に建てられるのも、そういう背景があるからだった。

日本では水神である蛇と習合されるようになり、頭上に人面蛇身の宇賀神《うがじん》を戴《いただ》いた宇賀弁財天なる神まで生まれた。美しい女神で、なおかつ蛇と深く関わっているせいか、弁財天は嫉妬《しっと》深いとも考えられている。そのいい例が、井《い》の頭《かしら》公園の池にまつわる都市伝説だ。

「そう。それだ」

急に妙案が閃《ひらめ》き、駿は無自覚につぶやいた。時生と千夏が不思議そうな顔をする。

「どうした」

「どうしたと」

「あの弁天堂を見て思いついたんだ」

駿は六角形の弁天堂を指差した。

「弁財天は嫉妬深い神だからか、弁天さまを祀った場所の池でボート遊びをしたカップルは破局するといわれている。いちばん有名なのは井の頭公園のボートだ」

「ああ、その都市伝説なら聞いたことがあるぞ。かなり有名な話だな」

「でもそれって、井の頭公園はデートスポットとして定番で、初心者カップルがよく利用するから、もともとの破局率が高いんだって聞いたわよ」

時生の弁に、千夏が現実的な解釈を付け加える。都市伝説の大半が、このようになんらかの説明がつくものなのだろう。

「まあ、現実はそうなんだろうけど、この際、試せることはなんでも試しておこう。というわけで、心霊との悪縁を断ち切るために、ボート乗るぞ、ボート」

「マジかよ」

時生は文句をつけたが、ほかに策もない。さっさとボート乗り場に向かって歩き出した駿のあとを、時生と千夏は複雑な表情でついていく。彼らにしてみれば、ボート遊びで霊を落とすといった発想自体、理解しがたいものの、駿が冗談ではなく本気で試すつもりであることも充分わかっていたのだ。

なおかつ、彼らは心の底で期待していた。駿ならば、何かをやってくれるのではないかと。

ボート乗り場には、普通の手漕《てこ》ぎボートに足漕ぎのサイクルボート、白鳥の形をしたスワンボートの三種類が用意されていた。

「ここはやっぱり、スワンボートだな」

と主張する駿に、すかさず時生が質問する。

「なぜ、やっぱりなんだ。スワンボートがいちばん料金設定が高いぞ」

「いいじゃないか、せっかくだ。手漕ぎは疲れそうだし、どうせ乗るならスワンだろうが」

「スワンボートで除霊だなんて聞いた例《ためし》がない」

「でも、うまくいったら都市伝説の真贋《しんがん》がひとつ明らかにされて、記事のネタになるかもしれない」

「この期に及んでネタ探しかよ」

揉めつつもボートに乗る流れが出来あがっていたところへ、千夏が「わたしは乗らんよ」と言い出した。

「このあたり、適当に歩いてるから、ボートはふたりで乗って。じゃあ、三十分後にまたね」

待ち合わせ時間を決めると、千夏は返事を待たずにボート乗り場を離れていく。その後ろ姿を見送りながら、げんなりしたふうに時生がつぶやいた。

「男同士でボート遊びかよ……」

「いいじゃないか。カップルなら破局するかもしれないが、友情だったら弁天さまも不問に付すさ」

「そっか、ちなっちゃんは……」

途中まで言いかけて、時生は首を左右にゆるく振った。

「いや、なんでもない。じゃあ、乗るか」

男同士でボートに乗るのも珍しくはないらしく、係員の対応は普通だった。駿と時生は乗船時間三十分の料金を割り勘で支払い、ピンク色のスワンボートに乗りこんだ。もしかしたら、それはフラミンゴだったのかもしれない。

スワンボートには、ふたつの座席の両方にペダルが備わっていた。ただし、ハンドルは真ん中にひとつきりだ。駿も時生もスワンボートは初体験で、なるほどこうなっていたのかと感心する。

さっそく、三つに分かれた不忍池の、二番目に広いボート池をゆっくりとめぐる。蓮池とは違ってこちらのボート池にはほとんど水鳥の姿がなく、衝突事故を心配する必要はなかった。岸辺に建つビルやタワーマンションを水上から見上げるのもなかなか乙《おつ》で、こんな状況でなかったら、それなりに楽しめたかもしれない。

十五分ほど経ったところで、時生がいささか拍子抜けしたようにつぶやいた。

「……何も起こらないな」

「まだ十五分ある」

「まあ、そうなんだけど。ボート代、損したかも――」

急に、時生が喉の奥からイッと妙な声をあげた。同時に、スワンボートが片側に大きく揺れる。

傾《かし》いだ方向、時生がすわっている側を振り向いた駿は息を呑《の》んだ。脱色したかのように真っ白い手が水から出て、スワンボートの縁をしっかりとつかんでいたのだ。

濁《にご》った水面には長い髪が、黒い藻《も》のようにたゆたっていた。その藻が浮きあがり、あの顔が――取材の日、駿が蓮池で目撃した女の顔が現れる。

女の目は左右ばらばらの方向を向き、どちらの目もこちらを見てはいなかった。にもかかわらず視線は感じた。異様なまでに執拗《しつよう》な視線を。だからこそ、顔半分しか水から出ていないのに、夢で出遭《であ》った女だとわかったのだ。生きた人間ではないことも。

これが初めての遭遇ではない駿でさえ、戦慄《せんりつ》を禁じ得なかった。彼女により近い席にすわっていた時生はなおさらだ。

「す、駿！　霊が！　霊が！」

パニックに陥《おちい》って叫ぶ友人に、駿は心を鬼にして命じた。

「いいぞ。そのまま、霊をボートにしがみつかせたままでキープしておくんだ」

「キープってなんなんだよ、キープって」

「弁財天の池でボートに乗ったカップルは破局する。とはいえ、彼女を横に乗せるのは抵抗があるから――」

「だから側面キープってか！」

女は水面から身を乗り出し、ボートに這いあがろうとしてきた。時生はあわてて女の指をボートから引き剝《は》がそうとする。が、

「つ、冷たい！」

驚きと、触ってはいけないものを触った嫌悪感が、時生の悲鳴にはこめられていた。

女が水面からずいっと身体をせり出してきた。

濡れた白装束が肌にからみついて、見た目にもぬめぬめとした触感を感じさせた。妖艶《ようえん》でありながら異質すぎて、恐怖心しか湧いてこない。

時生はボートのペダルから足を離し、女の顔を蹴りつけた。乱暴な、と彼を非難することは誰にもできまい。

女は乗船し損ねて、いったん水面下に沈んだ。だが、その手はまだしっかりとボートの縁をつかんでいる。

駿は足漕ぎの速度を一気に上げた。それまでのんびりと池をめぐっていたスワンボートが、突如、怒濤《どとう》の勢いで水面を走り出す。激しさを増した水の勢いが、女の動きを封じこめるのにもひと役買う。

「早く、早く陸《おか》にあがってくれ！」

時生は悲鳴混じりに叫んだが、駿は首を横に振った。

「あと十五分。いや、十四分ある」

「フルで時間、使おうとするな！」

「弁天さまに嫉妬してもらうには、せめて時間いっぱい使って彼女とボート遊びを堪能しないと」

「マジか」

「マジだ」

冗談や意地悪で言っているつもりはなかった。スワンボートを全力で漕ぐほうもつらいのだ。本来、ふたりで漕ぐ分の加重が、駿ひとりの足にかかる。太腿《ふともも》の筋肉は早くも悲鳴をあげかけている。

それでも、時生にはボートを漕ぐ以外にやってもらわねばならないことがある。

「時生、女がまたあがってくるぞ」

「ひいっ」

水の勢いに負けず、ボートに再度あがろうとする女の手を、時生が踏みつけた。女の手が一瞬、ボートから離れる。だが、今度はその手が時生の足首を捕らえた。

「うわっ」

そのまま、池に引きずりこまれそうになる時生の後ろ襟《えり》を、駿が咄嗟《とっさ》につかんで引き止めた。駿のもう片方の手はしっかりとハンドルを握っている。

女の手を振りほどこうとする時生に、

「そのままキープだ、時生！」

駿は非情の檄《げき》を飛ばした。だが、さすがに、

「勘弁してくれ！」

時生は必死の形相で足を振りまわした。激しい抵抗に遭って女の手は時生の足首を放し、

ボートの縁へと移る。そこからまた、彼女は乗船を試みようとする。

この執念はどこから来るのだろうかと、駿も驚嘆した。

やはり、愛《いと》しい男を求めて止まない、その思慕の念が原動力なのだろうか。同じ死者になっても、あの世ではめぐり逢えなかったのか。だから、彼女はいまだにこの上野をさまよい続けているのか。

駿の脳裏に、月岡芳年の描いた彰義隊士の若々しい絵姿が浮かんだ。

戦《いくさ》に身を投じ、あえなく散っていった彼らは、おのが信念に殉《じゅん》じたと考えれば、まだましであったのかもしれない。だが、そんな彼らの親族や妻や恋人、友人たちの胸にはやりきれぬ想いが残っただろう。なぜ止めなかったのかと、悔やんでも悔やみきれなかっただろう――

「おい、スピードが落ちてるぞ!」

スピードが落ちれば水の抵抗も弱まり、女がボートに這いあがってきやすくなる。駿はハッとわれに返り、ペダルを踏む足に力を入れた。

ピンクのスワンボートが再び水面を爆走する。ほかのボートは驚いて脇によけていく。しかし、その勢いとは反対に、駿は次第に弱気になっていった。

「そんなに乗りたいのなら、いっそ乗せてやってもいいんだろうか――」

迷いをつい口にする。すぐさま時生が反論した。

「馬鹿言え。このままキープが受け入れＭＡＸだぞ。いくらおまえが宮司の息子だからって、生きてる者と死んでる者の線引きくらいはちゃんとしろ！」

友人の言葉に、駿は頬《ほお》を平手打ちされたような心地がした。

「ああ、そうとも——そうだな」

スワンが蹴立てるしぶきが、陽光を受けて輝いている。いまは昼日中で、生きている者の時間なのだと改めて感じさせられる。

夢で見た上野の暗い夜を、ここに再現させてはならない。死者は死者の領域に戻さなくてはならないのだ。

「漕ぐぞ。時生もがんばれ」

駿が送ったエールに、時生も捨て鉢気味に怒鳴り返した。

「おお、ここまで来たらやってやろうとも！」

その後の残り時間、駿と時生は決死の連携プレイで女の乗船を阻《はば》み続けた。女が蛇のごとき執念で這いあがってこようとしても、時生がそれを許さず、彼女はほとんどの時間、ボートの縁にしがみついたままで水中を引きずられていた。

時間きっちりに駿はスワンボートを乗り場に横付けし、係員が近づいてくるのを待たずに大急ぎで陸にあがった。時生もヒイヒイ言いながら、駿に続く。

水辺から全速力で逃げながら、ちらりと後ろを振り返ってみたが、ボートの縁にずっとしがみついていた白い手は消えていた。池のどこにも女の姿は見当たらない。

千夏は乗り場のすぐ外で、ふたりを待っていてくれた。

「どうだった？」

「どうしたもこうしたも、大変だったぞ！」

時生は肩で荒い息をつきつつ、半身を前に屈《かが》める。駿は周囲を見まわし、女の気配をまったく感じないことを再度確認してから親指を立てた。

「たぶん、うまくいった」

「本当に？」

「ああ」

千夏は控えめに、けれども心底ホッとしたように微笑《ほほえ》んだ。

「なら、よかった」

駄目モトで、やるべきことはやった。あえて何かを付け加えるとするならば、

「念のため、弁天さまに詣でておこう。――霊がちゃんと成仏してくれるよう、祈っておきたいし」

愛しい相手を探していた孤独な霊魂のために。

駿がすぐ近くの弁天堂を指差すと、時生と千夏は熱心にうなずいた。特に時生は、千夏の数倍激しく頭を振る。

「そうしよう、そうしよう」

三人でさっそく向かった弁天堂内部は朱色の柱に囲まれて、外のにぎわいとはまた異なる独特の空気に満ちていた。

八臂《はっぴ》弁財天像は八本の腕を有し、静謐《せいひつ》で厳しいとも言えるような表情を浮かべている。経年のために表面の塗装は剝げ落ち、顔も装束も黒ずんで、さらに神秘的な雰囲気を漂わせていた。

駿たちは横一列に並び、賽銭箱《さいせんばこ》に小銭を投じて両手を合わせた。

「……なんだか効きそうだな」

時生が手を合わせたまま小声でつぶやくと、千夏も「そうね」と同意する。ふたりともすっかり安心していたが……、駿は弁天堂に入ったときから小さな違和感をおぼえていた。

黒ずんだ女神像の顔の中で、両の細い目には塗装が残っている。その目はまるで、意思を持ってこちらをみつめ返しているかのようだ。

不思議にまとわりついてくる女神像の視線を感じながら、駿はなんとなく思った。

弁財天は、執心の象徴である蛇とも習合される神。ただの死霊よりも、ある意味、接しかたの難しい存在だともいえよう。小さなトラブルを回避するために、もっと大きな業《ごう》を背負った可能性もなくはないのかもしれないが――

「どうかした、駿っち？」

千夏に問われ、

「いいや、なんでもない」

よくあることだから。とまでは言わずに、駿は友人たちに屈託なく笑いかけた。前髪が横に流れ、普段は隠れている彼の目もとが露《あらわ》になり、千夏はちょっと恥ずかしそうにそっぽを向いた。

その日以来、駿は女の霊に悩まされることはなくなった。「弁財天の池でボートに乗ったカップルは破局する」の都市伝説は、もしかしたら真実だったのかもしれない……。

脅威！　太古の海の巨大生物

月曜日。午後二時になったあたりから、夜明《よあけ》書房にぼちぼちと正社員たちが姿を見せ始めた。

電話番兼雑務のために午前のうちから出勤していたバイトの駿《すぐる》は、雑誌『トワイライト』編集部に彼らが現れるたびにデスクから顔を上げ、

「おはようございまーす」

と挨拶《あいさつ》をした。時計の上ではもはや朝ではないが、仕事の始まりの挨拶としては、やはりこれがしっくりくる。

とはいえ、次の締め切りはまたすぐにやってくる。のんびりはしていられないと、出社してきたばかりの副編集長、佐藤頭元《さとうがしらげん》がまずはメールをチェックする。

「おお、来てる来てる」

佐藤頭は細い目をさらに細め、楽しげな声を出した。彼が見ているのは、読者から寄せられた便りだ。

エンタメ系オカルト雑誌『トワイライト』にはいくつかの名物コーナーがある。超常現象の現場を編集部が取材してまとめた現地レポートはそのひとつだ。ライターに丸投げすればいいものの、この突撃取材レポートがなかなか好評で、読者からは「うちの地元にこんな超常現象があります。ぜひとも取材に来てください」とのメールが多数、寄せられていた。

「おはようございまーす」

「おはよう」

橘《たちばな》麻衣子《まいこ》に引き続き、編集長の鈴木原祐真《すずきばらゆうま》が寝不足気味の顔で現れると、佐藤頭が、

「あ、ユーマさんが好きそうなのも来てますよ」

「なに、UMA《ユーマ》ネタ？」

鈴木原がすかさず反応した。

UMAとは未確認生物の略称だ。ヒマラヤの雪男、ネッシー、ツチノコなどがそれに当たる。

UMAをこよなく愛する鈴木原は、下の名前が祐真だというせいもあり、社内では『ユーマさん』と呼ばれていた。

「そう、UMAですよ。ばっちり写ってます」

佐藤頭の肩越しに、鈴木原がパソコン画面を覗《のぞ》きこみ、ほうと感嘆の声をあげた。好奇心を刺激され、駿も横から画面を覗きこんだが……。

「なんですか、これ？」

写っていたのは、濁《にご》った浅い水の中から灰色の生き物が顔を上げた瞬間のショットだった。手ぶれが激しく、しぶきも大量にあがって、余計に被写体の正体をわかりにくくさせている。

「どこで撮られた写真?」

鈴木原の問いに佐藤頭が応《こた》える。

「千葉県某所の田んぼだそうで」

「コメントにはなんて?」

「『水面に一瞬上がった分だけでも一メートルを超えていました。水中に隠れていた分はその倍以上あったと思います。UMAです。調べてください』。十四歳のシゲくんからです」

微妙、と駿は心の中でつぶやいた。写真の出来も、撮影場所も、メールの文面と投稿者も、何もかもが微妙だ。

しかし、鈴木原は迷いもなく「UMAだな」と肯定する。佐藤頭も否定ではなく質問で上司に返した。

「なんに見えます?」

鈴木原は画面の一角を指差した。

「水中のこれ、甲羅《こうら》に見える……」

「見えますか」

「ああ。亀《かめ》だな」

「大きいですね」

「本来、日本にはここまで大きくなる亀は生息していない」

「とすると――」

「かつてこの地球を闊歩《かっぽ》していた巨大生物の生き残りかもしれない」

四十代と三十代の大人が真面目な顔でそんな会話を交わしている。さすがに駿は話の流れについていけず、驚きを声に出してしまった。

「巨大生物？　亀の？」

鈴木原は駿を振り返り、重々しくうなずいた。

「白亜紀《はくあき》の巨大海亀アーケロンに違いない」

低い声、黒縁眼鏡のレンズが怪しく光って、まるで悪の秘密結社の最高幹部のようだ。

鈴木原の謎めいた迫力に圧され、駿は小声でくり返した。

「アーケロン……」

シーラカンスでもあるまいし、太古の生物が現代の千葉県に生き残っているとはとても思えない。その反面、響きが無意味にかっこよく、アーケロンについてもっと詳しく知りたくなった。

「白亜紀って恐竜が生きていた時代ですよね？」

「ああ。一億年以上の昔、海竜たちが棲息《せいそく》する古代の海に、アーケロンも生きていた。その大きさは四メートルに及んだといわれている」

「四メートルの海亀……」

太古の海——どこまでも続く蒼《あお》い世界。

白く輝きながら射しこむ太陽光の間を、体長四メートルの大海亀アーケロンが悠然と泳いでいく。遠くには魚影の群れ。巨大なアンモナイトも遊泳しているが、アーケロンの堂々たる姿には及ばない。

「海の王者って感じですね……」

「いやいや、その頃の海にはモササウルスがいる。これがワニみたいな顔をした肉食水棲爬虫類《はちゆうるい》で、体長は十数メートル。四メートルの大海亀も、あっという間に嚙《か》み砕いてしまっただろうな」

鈴木原の指摘をきっかけに、駿の空想の海にモササウルスが乱入してきた。ワニ顔の巨大ザメともいうべき外観で、猛スピードでアーケロンに迫り、がぶりと嚙みつく。アーケロンも必死にもがくが、モササウルスは獲物《えもの》を放そうとはしない。

自然界の厳しさに駿が圧倒されていると、佐藤頭が鈴木原に言った。

「お言葉ですが、千葉県といっても内陸のほうみたいですよ。アーケロンは海亀ですから——」

「じゃあ、時代は少々下るが新生代《しんせいだい》の淡水亀スチュペンデミスだ。あれも首をのばせば全長四メートル級になる」

それまで黙って聞いていた麻衣子が口を開き、大人になりきれないおじさんたちに笑顔で現実を突きつけた。

「どうせ、捨てられたペットのミドリガメでしょう?」

鈴木原はたちまち哀しげな表情になり、佐藤頭はあっさりと麻衣子側についた。

「見た目はかわいいミドリガメも、成長すると相当大きくなるからね。実は気性もけっこう荒いし」

「それでも、さすがに二メートルにはなるまい」

鈴木原が抵抗を試みたが、

「この写真でも二メートルはないでしょう。一瞬のことで、あわて者の中学生がそう思いこんだだけで」

「じゃあ、なおさらミドリガメですね」

佐藤頭と麻衣子に笑顔で返され、鈴木原はすっかりしょげ返ってしまった。駿はといえば、さすがにアーケロン説を支持し難く、かといって鈴木原が気の毒にもなり、ミドリガメ説にささやかな反論を試みる。

「でも、ミドリガメにしては、耳のあたりにオレンジ色の模様がないですよね」

佐藤頭が細い目をしばたたかせ、改めてＰＣ画面を覗いた。ミドリガメの正式名称はミシシッピアカミミガメ。顔の両側面にオレンジ色の模様が入るのが特徴だが、写真ではそれが視認できない。

「確かに。それでも、この大きさとなると……」

「アーケロンだ。百歩譲ってスチュペンデミスだ」

息を吹き返した鈴木原が力強く宣言する。そこへかぶせこむように佐藤頭が、

「カミツキガメかなぁ」

麻衣子も佐藤頭に同調する。

「ああ、外来種の。印旛沼《いんばぬま》とかでもみつかっているそうですね。ニュースになっているの見ましたよ。ガメラかっていうくらいに大きくって。あれもミドリガメと同じく、常識ない飼い主に捨てられたペットですよね。生態系が壊れるってさんざん言われているのに、面倒になるとそこらへんにホイホイ捨てて――」

鈴木原は平手でバンッと机を叩いた。

「行ってみないとわからないぞ！」

突然の大声に、ロッカーで隔てられた隣の編集部の社員が振り返った。が、熱くなっているのが鈴木原だと知ると、またかと言いたげな顔をして自分の仕事に戻っていく。そう珍しくもない光景なのだろう。

鈴木原はひと呼吸ついてから、少しだけ声量を抑え、けれどもより早口になり、

「UMAとして有名なあのツチノコも、外来種のトカゲだとか、もともと胴の短めなヒメ

ハブだとか、獲物を呑《の》みこんで膨れた普通の蛇だとか、さんざん言われてきた。だがな、そもそもツチノコは別名ノヅチ。『ノ』は野っぱらの『野』、『ヅ』つまり『ツ』は古代の言葉で『～の』を表し、『チ』は『霊』の意味だ。すなわち、ノヅチとは『野の神霊』。ツチノコは大地の精霊だったのだよ。その畏怖《いふ》の念が、不思議な形と動きをする見慣れぬ蛇に託された。ツチノコは一九七〇年代に突然現れた、ポッと出のイロモノではなく、大地への信仰に基づく日本人の心のふるさとから生まれたものなのだ。われわれはＵＭＡの実証のみに拘泥《こうでい》するのでなく、それが誕生した背景までをもさまざまな角度から検証する必要がある」

彼は腕を一直線にのばしてＰＣ画面を指差した。

「このピンボケ写真の被写体は、無責任な飼い主に捨てられた外来種のペットかもしれない。だが、確実にそうだと言い切れるのか？　千葉県某所の田んぼから、白亜紀の大海原へと想像を膨らませる。そんな心の豊かさこそが、文明社会にすっかり毒されてしまったわれわれには必要なんじゃないのか？　そうだろう、バイトくん」

唐突に指名された駿はぎょっとしつつ、「は、はい」と応じた。ツチノコがポッと出かどうかはともかく、鈴木原の主張も後半はあながち間違っていないと思えたのだ。

賛同してもらえてよほど嬉《うれ》しかったのか、鈴木原は駿の両肩をがしりとつかんだ。

「見所があるな、バイトくんは」

「御隈川《みくまがわ》です」

「うん、御隈川くん」

きっと、鈴木原さんも橘さんみたいにすぐこっちの名前を忘れるんだろうなと、そんな予感がした。

麻衣子はもうすでに自分の仕事に戻っている。佐藤頭は苦笑混じりに、

「じゃあ、ユーマさん、久しぶりにご自分で取材に行きますか？」

「おお、そうしよう」

鈴木原は迷わず請け負った。


しかし、編集長ともなると、それほど暇ではない。断るに断れない社用ができてしまい、当日、取材のバトンは鈴木原から佐藤頭へと移された。駿も助手として加わる。

千葉の田園地帯へは佐藤頭の運転する車で向かった。電車とバスを乗り継いでいくには、いささか不便な場所だったのだ。

移動中、車中ではFMラジオが流れていた。合間に、ハンドルを握った佐藤頭が世間話の体《てい》で駿にいろいろと尋ねてくる。

「そういえば、御隈川くんの実家って神社だってね？」

「はい。でも、鈴木原さんにも言いましたけど、ぼくには霊感も超能力もありませんよ」

「いやいや、そこまで過剰な期待はしないよ。下手に『霊が見えます』って公言するタイプはかえって面倒だし。ちょこちょこいるんだよね、そう言ってうちの雑誌に売りこんでくる暇なひと」

佐藤頭の薄い唇に微苦笑が浮かぶ。助手席の駿はそれに気づき、

「佐藤頭さんは信じないタイプなんですか？」

「どうだろう」

と、佐藤頭は進行方向を向いたまま首を傾《かし》げた。

「いてくれたら楽しいだろうけれど、いなくても別に問題ないって考えるタイプかな。アイドルのコンサートは足繁《しげ》く通っても、アイドルとの結婚までは夢見ない感じ？」

「その譬《たと》え、伝わりにくいです」

「そうかな？　とにかく、不思議系の話題は好きだよ。妄信《もうしん》するあまり、現実の生活をおろそかにする輩《やから》は馬鹿《ばか》にしてるけどね」

馬鹿にしてると明るく言い放つところに、佐藤頭の黒い部分が感じられなくもなかった。穏やかそうに見えて実は案外、食わせ者かもしれないと、駿は頭の片隅に書き留めておく。

「ところで、きみの実家って大分のほうの神社なんだって？」

「ああ、はい」

「御祭神はどなた？」

「八幡宮《はちまんぐう》ですから、誉田別尊《ほむたわけのみこと》と……」

「誉田別尊。つまり応神《おうじん》天皇と、その母の神功皇后《じんぐうこうごう》、そして比売《ひめ》大神の三神か」

「詳しいですね、佐藤頭さん」

「それほどでもないよ。ユーマさんがＵＭＡ専門に特化してるから、自然とその他全般に目を向けるようになっただけで、浅い浅い」

駿の耳にはただの謙遜《けんそん》にしか聞こえなかった。仕事柄、怪奇現象に通じているにしても、八幡三神をすらすらとあげられる者はそうそういまい。

「しかし、八幡宮は面白いよね」

「そうですか？　こう言っちゃなんですが、全国いたるところにありますよ」

「それだけ広く浸透しているのも、わけがあるからさ。応神天皇と神功皇后は、いわば表向きの錦《にしき》の御旗《みはた》。本当は比売大神と大雑把《おおざっぱ》に称されている神こそが、その土地に根ざした最も重要な神格なんじゃないのかな。そもそも、比売大神とは固有の神の名ではなく、その神社の主神や土地に深いかかわりのある女神を漠然と差している。たとえば、宇佐《うさ》八幡宮の比売大神は宗像三女神《むなかたさんにょしん》だが、全部の八幡宮がそうとは限らない。加えて、八幡宮は南無八幡大菩薩《なむはちまんだいぼさつ》とも言うように、仏教とも早くから融合していた。つまり、その地方独特の土着神からインド発祥《はっしょう》の外来宗教まで、ありとあらゆるものを内包できる柔軟性に富んだ器として八幡宮は機能し、だからこそ全国に広まっていったんじゃないかと」

「へえ……。考えたこともなかったです」

「そうなんだ。環境はいいのにもったいない」

「神職は弟が継ぐって、早くから決まってましたから」

「どうして——って、立ち入ったことを訊いたかな。悪かったね」

いいえと応えはしたものの、駿はそれ以上、実家について自分から語ろうとはしなかった。佐藤頭も話題を変え、安全運転で車を走らせる。

編集部に情報を寄せてくれた中学生は、目撃現場に程近い駅の前で佐藤頭たちを待っていた。駅前の閑散《かんさん》としたロータリーに車が入ってくるたびに、制服姿の彼はベンチから腰を浮かせてきょろきょろしている。手には目印として、今月号の『トワイライト』が握られていた。

佐藤頭が彼の目の前に車を停め、

「きみがシゲくん？」

運転席から声をかけると、中学生は目を輝かせて起立した。

「はい。『トワイライト』、毎号買ってます！」

開口一番、購読宣言をしてくれた愛読者に、佐藤頭も惜しみなく笑みを振りまく。

「どうもはじめまして。『トワイライト』副編集長の佐藤頭です」

「副編集長が来てくれたんッすか？」

　感動する彼に、編集部に正社員は三人しかいないから、とは教えられない。

「さあ、後ろに乗って。ちょっと散らかってるけど」

　車の後部座席には、本が詰まった紙袋がふたつ置かれているだけで、別段、散らかってはいなかった。中学生のシゲくんは興奮冷めやらぬ様子で後部座席に乗りこむ。

「改めまして、『トワイライト』の佐藤頭です」

　佐藤頭は名刺を差し出し、「こちらは助手の御隈川くん」と駿のことも紹介する。名刺を持っていない駿は「助手です」と簡潔に述べ、頭を下げるだけに留めた。

「茂山翔太《しげやましょうた》です」

　本名を名乗ってくれたが、佐藤頭は、

「じゃあ、さっそく現場に案内してもらおうか、シゲくん」

　言われたほうも、「はい」と素直に応じてナビゲーター役に徹する。

　シゲくんの案内で、車は駅前から、のどかな田園地帯へと移動していった。低い山々を背景に、田植えが済んだばかりの水田が続き、その合間に民家が点在している。

　……太古の巨大生物がひそんでいそうな気配は、正直、感じられない。だが、後部座席のシゲくんは写真を撮ったときの状況を熱心に説明する。

「とにかく、ものすごく大きかったんッす。それで、もし、証拠写真が撮れたら『トワイライト』に送れるって思って。一生懸命、撮ったんッすよ。写真じゃ実物の迫力が全然伝わらなかったでしょうけれど、断言します。あれは絶対、新しいＵＭＡッすよ！」

ネス湖のネッシーから始まって、日本でも北海道屈斜路湖《くっしゃろこ》のクッシー、鹿児島県池田湖《いけだこ》のイッシーなどが目撃されたように、新しいＵＭＡは続々と世に生まれてきている。チュパカブラ然《しか》り、スレンダーマン然りだ。シゲくんが激写したピンボケの生き物が、新種のＵＭＡではないとは誰にも言えない。

とはいえ、こんな不確かな情報だけでどうするのだろうと、駿は内心、危惧《きぐ》していた。だが、運転席の佐藤頭からはそんな焦りはまったく感じられない。

「そこの道を入っていった先ッす」

シゲくんの指示通りに細い脇道に入り、用水路沿いに進む。

「あのあたりッすけど……」

「じゃあ、ちょっと進んで車を停められそうな場所をみつけよう」

幸い、道幅が少し広くなったところがすぐにみつかり、そこに佐藤頭は車を停めた。

「さあ、ささっと撮って、ささっと退却しよう」

「ささっと……ッすか?」

シゲくんは拍子抜けしたようにつぶやく。佐藤頭は平然とうなずいた。

「うん、土地の持ち主が出てきたら厄介《やっかい》だしね。ＵＭＡの取材ですって説明して納得してくれる大人は少ないよ」

そんな大人は鈴木原編集長くらいなものであろう。

「とりあえず現場の写真を撮って、それからシゲくんが目撃現場を指差しているところも撮りたいんだけど、顔出しオッケーかな？」

「『トワイライト』におれが載るんッすか？」

たちまちシゲくんの表情が明るくなった。

「もちろん、オッケーッす。学校のみんなに自慢しちゃいますよ」

本当に『トワイライト』が好きなんだ——と、駿は微笑《ほほえ》ましく思った。中学生が少ない小遣いの中から工面して、毎号購入しているのかと考えるとなおさらだった。

自分も小学生の頃、時生《ときお》と分担を決めて週刊少年漫画誌を買っていたなと思い出す。千《ち》夏《なつ》は少女漫画を買っていたので、それも合わせて三人でぐるぐると回し読みをしていたものだ。

「じゃあ、ささっとやろう。ささっと」

佐藤頭にせかされ、駿は回想を打ち切って車から降りた。汚れてもいい格好をしてきてくれと言われたので、ジャージを着てきた。ゴム長靴とたも網《あみ》も持参している。カメラは今回、佐藤頭の役どころだ。

「これって、あの田んぼに入って巨大亀を探せってことですよね」

「うん。でも、そう簡単にはみつからないと思うよ」

佐藤頭は闘う前から敗北宣言をかました。

「田んぼは所有地だから、ちょっと入って、写真撮ったらすぐにあがって。そのあと、手前の用水路を重点的にさらってみよう。まあね、形だけ、形だけ」

彼も最初から、本気でUMA写真を撮るつもりはないらしい。

要するに、あのピンボケ投稿写真に『日撃場所を指差す少年A』の写真や巨大海亀アーケロンのイラストなどを添え、『編集部員が危険も顧《かえり》みず、田んぼをさらってはみたものの、それらしい生き物はついにみつけられなかった』でまとめるのだろう。詐欺《さぎ》っぽい印象もなくはないが、その胡散《うさん》臭さまでも含めて人気の編集部突撃取材なのだ。少なくとも、編集部で『トワイライト』のバックナンバーを何冊か読ませてもらった駿は、突撃取材レポートの特色をそのように受け取った。

ただし、それでシゲくんは納得するのかな、少年の夢を壊したりはしないのかな、と心配にはなった。が、シゲくんはシゲくんで感慨深げに周囲を見まわしている。佐藤頭が土地の持ち主について言及したのがきっかけで、思い出したことがあるらしい。

「このあたりは佐竹《さたけ》さんって爺《じい》さんの田んぼなんッすよ」

誰に聞かせるともなく、シゲくんは話し始めた。

「ここ、小学生のときからのおれの通学路で、佐竹さんも犬の散歩が日課で。ほとんど毎日、顔合わせては普通に挨拶してたんッす。犬も触らせてもらってました。でも、佐竹さん、四、五年前に倒れて寝たきりになって、それっきり会ってないんッす。別に、特別親しかったってわけじゃないッすけど、いつもいたはずのひとが突然、その場所からいなくなるって妙な気分だなって、小学生ながらに思ったんッすよねえ……」

「気になるなら見舞いに行ったらどうだい？」

佐藤頭の言葉に、シゲくんはうーんとうなった。

「佐竹さん家《ち》のひと、爺さん以外はちょっと苦手なんッすよ。実は、倒れたって聞いてすぐ、気になって佐竹さん家の前をうろうろしてたら、家のひとに不審がられて、あっち行けって頭ごなしに怒鳴られたんッす。それからしばらくして、犬も死んじゃったみたいで……。たぶん、ろくに世話しなくなったからじゃないかと」

シゲくんの顔がくやしげに歪む。

「そうか。そういう面倒くさそうな家が土地の所有者なら、なおさら取材はささっとやらなくちゃな」

佐藤頭に促され、駿は長靴を履き、たも網を片手に田んぼへと入った。

誌面に顔が出るのは抵抗があったので、つば広の麦わら帽子をかぶり、首にはタオルを巻いて輪郭《りんかく》を隠す。長い前髪が帽子に押しつぶされて顔に張りつき、なおさら視界の邪魔になったが、背に腹は代えられない。

「はいはい。じゃあ、自由に動いてみて」

佐藤頭がグラビア撮影のカメラマンのようなことを言う。駿はとにかく網を大きく動かし、長い柄《え》で田んぼの底をぐっと突いたりしてみせた。

「そうそう、そんな感じ」

佐藤頭はカメラを構えて畦道《あぜみち》で立ったりしゃがんだりをくり返し、シャッター音を軽快に響かせていく。シゲくんも記念にと、自前の携帯で駿と佐藤頭を撮影していた。

田んぼの泥に足を取られつつ、

（自分は何をやっているんだろう……）

と駿も思わなくもなかったが、冷静になっては駄目だとも理解していた。

千葉の片田舎に古代の生物など生き残っているはずがない――それを言ってしまっては、クッシーやイッシーに大騒ぎした北海道民、鹿児島県民をも愚弄《ぐろう》することになる。UMA騒ぎに興じたひとびとも、「本当にいるのか？」「いたらいいな」「いや、きっといる！」の狭間で揺れ動くこと自体を、非日常の祭りとして楽しんでいたのかもしれないのだ。それをどうこう言うのは野暮《やぼ》でしかない。

さらには、生きた化石シーラカンスの実例もある。白亜紀に絶滅したとされていた古代魚シーラカンスは、一九三八年に南アフリカ近海で生きた個体が捕獲《ほかく》されたのをきっかけに、インドネシア近海等でも現生種が確認されている。

可能性はゼロではない。

すべてを妄信するのが愚《おろ》かなら、すべてを否定するのもまた愚かな所業なのだ。

「よし、それくらいにしようか」

佐藤頭が田んぼから出るように指示を出す。駿は内心、ホッとしつつ、畦道へと向かって歩き出した。

踏み出した一歩一歩が泥に沈みこむ。ずいぶんと土が軟《やわ》い。おかげでただ歩くのも、ひと苦労だ。

畦道に上がる前にちょっと立ち止まって、ふうと息をつく。そのとき——視界の片隅を灰褐色《はいかっしょく》の影がかすめた。

なんだろうと振り向いた駿の目に、田んぼの濁った水の中から一瞬、顔を上げた生物が映る。

泥にまみれた、灰褐色の無毛の頭部だった。

亀だ、とは思った。ただし、その頭はかなり大きい。甲羅は水面下で見えなかったが、頭部から推測するに全長は一メートルを確実に超えているだろう。ミドリガメことミシシッピアカミミガメならあるはずの、オレンジ色の模様は頭部側面に入っていない。

では、イシガメやスッポンの類《たぐい》かというと、それとも違う。もっと凶悪な面相なのだ。

それがくわっと口をあけると、突き出た口吻《こうふん》がさらに強調された。

その場に固まってしまった駿の耳に、シゲくんの悲鳴混じりの声が飛びこんできた。

「UMAだ！　UMAだ！」

連呼しながら、シゲくんは携帯で謎の生物の写真を撮り始める。興奮のあまり手ブレが激しい。あの投稿写真のように、彼が撮ったものはすべてピンボケになっているに違いない。

シゲくんのはしゃぎように刺激されたのか、謎の生物が身を震わせ、さらに大きく口をあけて人間たちを威嚇《いかく》した。

水中に隠れていた甲羅もぐっと持ちあがる。事前にネットで確認したカミツキガメの甲羅とも違っていた。カミツキガメの甲羅が比較的なだらかなのに引き換え、すぐそこにいる生物のそれはキールと呼ばれる筋状の突起が激しく隆起して、怪獣らしさがぐんと増している。まさにガメラだ。

びっくりしたシゲくんが撮影の手を止めて、再度、悲鳴をあげる。それを上まわる大声で、佐藤頭が警告した。

「カミツキガメじゃない、ワニガメだ！」

突然のことで駿も混乱してしまった。

「ワ、ワニなのにカメ？」

「だから、ワニガメだってば。無茶はするな。カミツキガメも危険だが、ワニガメはさらにその上を行くぞ！」

見た目からも、ワニガメの獰猛さは充分、想像できた。カミツキガメの最大甲長が五〇センチ未満なのに対し、ワニガメの場合は最大甲長八〇センチの例が報告されている。体重にいたっては一〇〇キロを優に超えるというのだ。

本来ならばワニガメは北アメリカにしか棲息していない。おそらく、誰かがワニガメのインパクトあるビジュアルに魅《ひ》かれて飼育に手を出し、結局は持て余して野に捨ててしまったのだろう。印旛沼等で捕獲されたカミツキガメと同じパターンだ。

「早くこっちへ！」

駿を呼びつつ、佐藤頭は自分の携帯を取り出した。

「警察ですか。危険な外来生物を田んぼで発見しました。相当、大きなワニガメです。場所は――」

佐藤頭は顔をしかめると、地元民のシゲくんに携帯を押しつけた。

「シゲくん、場所を説明してやってくれ」

「は、はい」

シゲくんは佐藤頭の携帯を両手で受け取り、ここまでの道順を警察相手に説明する。その間に、駿もワニガメから少しでも離れようともがいた。が、気が逸《はや》るあまり、泥に足をとられて片方の長靴が脱げてしまった。咄嗟《とっさ》にバランスをとろうとして、今度は靴下履きの片足が泥に沈む。

「くそっ」

悪態をついたそのとき、泥の中にいた何かが、駿の足首をつかんだ。

（ワニガメに噛まれた！）

そう思った。だが、同時に、

（違う）

とも感じた。痛みがなかったのだ。足首に触ったのは、獰猛な爬虫類の口というよりも

——


（ひとの手だ。自分は、足首を誰かにつかまれてる）

ただ、その指の数が……少ない。

体温も低い。ひとなのに、ひとではない。少なくとも、生命《いのち》が一切、感じられなかった。

駿はたも網を抛《ほう》り出し、麦わら帽子も振り捨てて、とにかく田んぼから出ようと無我夢中で走った。足首をつかんでいた冷たい手はするりと抜け、駿はよろけて膝《ひざ》をついたが、すぐに立ちあがり、どうにか畦道へとたどりつく。

「御隈川くん、早く早く」

佐藤頭が手をのばしている。駿がその手を握ると、佐藤頭が意外な力で一気に引きあげてくれた。

駿は畦道に四つん這《ば》いになって大きく息をついた。

「た、助かりました……」

「どういたしまして」

振り返れば、水田の濁った水中に巨大な亀の甲羅がうっすらと視認できたが、駿が走り抜けたコースとは、やや距離が離れている。

（やっぱり、あれはワニガメじゃなかったんだ）

では、なんだったのか。

「大丈夫かい？　怪我はなかった？」

気遣う佐藤頭に、

「ええ、それは大丈夫でしたけど……」

ゴム長靴が脱げてしまった左足に視線を向け、泥だらけの靴下をずり下ろす。露《あらわ》になった足首には、くっきりと指の痕《あと》が残っていた。それも三本だけ。

「どうしたの、それ」

「田んぼの中で誰かにつかまれたんです」

「つかまれた？」

「ＵＭＡにッすか？」

佐藤頭だけでなく、警察に通報し終えたシゲくんも訊いてきた。ＵＭＡであってくれと願うように。

「UMAじゃあない、かな……」

シゲくんはがっかりした顔をする。

駿の足首には前側に一本、後ろ側に二本、線状の痣《あざ》が出来ていた。まるで、三本指のトングで強く挟まれたかのようだ。あのUMA——ワニガメに嚙まれたのなら、この程度では済まず、大怪我をしていたに違いない。幸運だったと考えるべきだろうが、相手の正体がわからないのもどうにも気味が悪い。

「ひょっとして——妖怪・泥田坊《どろたぼう》か？」

佐藤頭がいきなり妖怪の名称を持ち出してきた。シゲくんはぽかんと口をあける。駿も耳を疑った。

「いま、なんて言いました？」

「泥田坊だよ。江戸時代の妖怪絵師・鳥山石燕《とりやませきえん》の『今昔百鬼拾遺《こんじゃくひゃっきしゅうい》』に出てくる一眼三本指の妖怪。真面目に働いていた老人の死後、その息子が放蕩者《ほうとうもの》で、親から受け継いだ田んぼを他人に売り飛ばしてしまった。すると、その田んぼに夜な夜な『目のひとつある黒きモノ』出でて、『田を返せ、田を返せ』と大声で叫んだという。石燕は、腰から下は泥田に埋まって、三本指の両手を振りまわしているひとつ目の妖怪として泥田坊を描いているよ」

「UMAじゃなくて妖怪ッすか……」

シゲくんは顔を強《こわ》ばらせている。駿も、

「まさか、そんな……」

妖怪なんて。そう続けようとしたのだが、自分の足首に残った指の痕を見ると何も言えなくなってしまう。

固まる駿に、「泥だらけだね」と佐藤頭が言った。

「ぼくも自分用に替えのジャージを持ってきてるから、それに着替える?」

「あ、ありがとうございます」

「顔にも泥がついてるよ」

反射的に頬《ほお》を手の甲でぬぐった結果、余計に泥をつけてしまった。うわちゃ、とつぶやき、駿は汚れていなかった肩に顔をこすりつける。その様子を見ながら佐藤頭が、

「前髪、切ればいいのに。せっかくの男前がもったいない」

「男前なんかじゃありませんよ」

「そんなことないよ。それとも、隠しておきたい理由でもあるの?」

その問いに関しては答えず、駿は背けた顔を肩にぐいぐいとこすりつけた。

思っていたよりもずっと早く、制服姿の警官が二名、現場に駆けつけてきてくれた。外来生物捕獲のために、大きめの網や長靴もちゃんと用意している。

ふたりが佐藤頭の指示のもと、網で田んぼを掻《か》きまわすと、あのワニガメがガメラそっくりの顔を再び水面にもたげて威嚇してきた。それまで半信半疑の面持ちだった警官たちが驚きの悲鳴を放ったのは、言うまでもない。

大騒ぎして、どうにかこうにかワニガメ捕獲は成功した。

体長は八十センチほどあった。シゲくんは投稿メールで「三メートルはある」と豪語していたが、やはり気が逸るあまり誤認したのだろう。三メートルには遠く及ばない。

それでも、口をあけて威嚇するワニガメには在来種にない迫力があった。これを捕らえようとしてジャージにたも網の軽装で田んぼに入ったかと思うと、いまさらながら背すじが寒くなる。

「通報、ご苦労さまでした。ところで、あんたがた、ここで何を？」

と、警官が聞いてくる。佐藤頭は愛想《あいそ》たっぷりの笑顔で名刺を差し出した。

「夜明書房の佐藤頭と申します。うちの雑誌にこちらの学生さんが写真を投稿してきたので、その現場を取材に」

「取材？」

「はい。巨大な生物を目撃したとのことで。まさかそれがワニガメとは、われわれも思いませんでしたが」

「どういう雑誌なの。動物系？　あ、爬虫類専門のペット雑誌とか？」

「いえいえ。UFO《ユーフォー》、UMA、古代文明に都市伝説といった、巷《ちまた》の噂《うわさ》を検証するエンターテインメント系雑誌です」

説明になっているようでなっていない。ふたりの警官も、ぽかんと口をあけている。

「UFO？　UMA？　まさか、この亀をネッシーと勘違いしたとか？」

無理もないことだが、警官たちは胡散臭い輩を見る目になった。それでも、佐藤頭はにこにこと笑っている。

「土地の所有者に撮影の許可はとったの？」

「あー、すみません。まだです。というか、畦道から写真を数枚撮る程度のつもりでしたので、そこまでする必要もないかと思って」

私有地の田んぼに勝手にバイトを入らせ、ポーズをとらせていたとは言わない。駿も警察が到着する前に、佐藤頭が貸してくれたジャージに着替え済みだった。顔の汚れもタオルできれいに拭き取っている。

「本当に出版社？」

「ええ。小さなところですけれど、女性向け漫画誌も出していますよ」

佐藤頭が車中に置いてあった『トワイライト』のバックナンバーを見せる。とりあえず、そのおかげで真っ当な会社員であることは信じてもらえた。

「ふむ。とりあえず、保健所に連絡か。それから、田んぼの持ち主にも話を聞いておく必要があるかな」

それを聞いて、シゲくんがいきなり話に割りこんできた。

「田んぼの持ち主――つまり、佐竹さんですよね」

「知っているのか？」

警官の質問に、シゲくんは首を縦に振った。

「はい、知り合いです。家もすぐそこです」

「ほう。じゃあ、ちょうどいい。案内してくれるかな」

「はい！」

シゲくんはためらわずに即答した。いい機会がまわってきたと思ったのだろう。うまくいけば、佐竹の爺さんの現状を知ることができるかもしれないのだから。

佐竹家は、シゲくんの言ったとおり、田んぼのすぐ近くだった。二階建ての古い日本家屋で、庭には蔵も建っている。長年この地方で農業に従事している家なのだろう。

応対に出てきたのは五十代の夫婦で、夫のほうはゴマ塩頭で腹が大きく前にせり出ていた。妻のほうは痩《や》せ型と、体型はまったく逆だったが、目つきはふたりとも険があり、いきなり家に押しかけてきた警官ふたりと中学生、見慣れぬよそ者たちに対し、不機嫌そうな様子を隠さない。

「うちの田んぼに外国産のカメが？」

大体の事情を聞いた佐竹は、大仰に顔をしかめて吐き棄てるように、

「知りませんよ、そんなもの。うちは何年か前に犬が死んでからというもの、生き物は一切飼っていませんからね」

うんうんと、警官たちは何度もうなずいた。

「なるほど、では誰かが捨てていったものでしょうな」

「国道が近いから、車で来てポイッと捨てたんでしょう」

誰もが思いつきそうなことを、彼らはしたり顔で口にする。

「オスですか、メスですか。まさか、うちの田んぼに卵なんて産みつけてないでしょうね」

と、佐竹の妻がさも不快そうに言った。

「さあ、それは」

「どうだか……」

意見を求めるように、警官たちはふたりそろって佐藤頭を振り返った。が、佐藤頭もそこまで保証はしかねると言わんばかりに肩をすくめる。

佐竹夫妻の印象は、予想通りに最悪だった。シゲくんの話を事前に聞いていたせいもあ

るが、それがなくてもこの夫婦にいい感情はいだけなかっただろう。

「あの、佐竹の爺さんは……」

シゲくんが勇気を振り絞った体で訊く。しかし、

「ああ？」

佐竹は恫喝《どうかつ》するような声を出して、シゲくんを睨《にら》みつけた。

「何年も前に倒れて、ずっと寝たきりだ」

「お、お見舞いを……」

「見舞い？　なんだ、よその家の年寄りに小遣いでもせびるつもりか？」

「そ、そんなことは」

「病人に障《さわ》るだろうが。関係のないガキは帰った帰った」

とりつく島もない。四、五年前もこうやって、小学生だったシゲくんをけんもほろろに追い払ったのだろう。

しょんぼりと肩を落とすシゲくんを見ていると、駿も彼のためにどうにかしてやりたくなってきた。きっと、シゲくんはもう何年も、心のどこかで佐竹の爺さんのことを気にしつつ、あの畦道を歩いていたのだろうから。そこでＵＭＡと見紛《みまが》うワニガメを発見したのも、何かの縁のように思えてならない。

せめて、ひと目だけでも、この家の爺さんに会わせてやれれば。でも、どうやったら佐

竹夫妻という障壁を突破できるのか。

駿が難問に頭を悩ませていると——


おおおぉぉ……。


家のどこからか、声が聞こえた。老人のようだった。ただし、駿しか気づいていないらしく、誰も反応しない。

空耳だろうかといぶかしんでいると、再び聞こえてきた。


おおおおぉぉぉ……。


さっきよりも声が大きい。おかげで、どこから聞こえてくるのか見当もついた。二階だ。

さすがにこれは無視できかねて、駿は佐竹に言った。

「呼んでますよ」

「え?」

駿は佐竹夫妻の背後に見える階段を指差した。

「二階から声がしてるじゃないですか。お爺さんが呼んでるんですよ、きっと」

その途端、佐竹の顔色が劇的に変わった。ハッと息を呑んだ直後、顔をどす黒く染めて怒り出す。

「何を――あんたは何を言ってるんだ？」

「そうよ。なんなの、あんたは」

妻もいっしょになって怒鳴り始めた。ふたりの剣幕に、警官たちも驚いている。

「変な言いがかりをつけるのなら、とっとと帰ってくれ」

「帰れ、帰ってよ」

夫婦が熱くなればなるほど、妙だと思った。

あの声が聞こえないというだけなら、そっち系だったか、で納得できる。似たようなことは昔から幾度か経験しているので。

にしても、佐竹夫妻のこの過剰な反応は――後ろ暗い事情を必死に隠しているように見えてしまう。

「でも、二階にいるんですよね？」

駿が念を押すと、まるでそれに呼応するように、老人の声がひときわ大きく響き渡った。

おおおおおおおおっ……！

家全体を揺るがさんばかりの声だった。二階の老人が「自分はここにいる」「来てくれ」と意思表示をしているのだと、駿は確信した。

自分は呼ばれている。

もしも、時生と千夏がここにいたなら、いらぬことに首を突っこむなと止めていただろう。駿もそうしたほうが無難だと重々承知してはいたが、シゲくんへの同情と佐竹夫妻への反発が、彼を突き動かした。

腹をくるや、蹴《け》飛ばすように靴を脱いで玄関にあがる。仰天している佐竹夫妻の横をすり抜け、階段を二段ずつ飛ばして駆け上る。背後では、佐竹が罵声《ばせい》を、その妻が悲鳴をあげている。

「ふ、不法侵入だぞ！　おいこら警官、あいつを捕まえてくれ！」

「は、はい」

「早くして早くしてよ！」

警官たちはゴム長靴を脱ぐのに手間取っているふうだった。その間に、駿は二階の奥へとまっしぐらに向かっていた。ここにいるぞと教えるように、老人の声がずっと響き渡っていたからだ。

いちばん奥の部屋のドアを、体当たりせんばかりの勢いであける。途端に、駿をここまで導いた声がぴたりと止んだ。

まだ陽《ひ》はあるというのに、カーテンをしめきった薄暗い部屋だった。換気もろくにされていないらしく、妙なにおいが籠《こ》もっている。病人の部屋だからというだけでは説明のつかない、異質なにおいだ。

「……これは……」

部屋の中央に据えられたベッドに、老人がひとり、仰向けに横たわっていた。ぱさぱさの白髪に、薄茶色の皮膚《ひふ》。口を大きくあけたままで、彼は微動だにしない。

この口からあの声を発していた……とは思えなかった。

すでに亡くなっていたのだ。

それも最近ではあるまい。すっかり干からび、ミイラ化している。

部屋の入り口に立ち尽くす駿の背後に、警官と佐竹夫妻、佐藤頭とシゲくんが殺到する。さほど広くない二階の廊下で、彼らは押し合いへし合い、口々に怒鳴っている。

「その部屋から出ろ！」

「出ていって！　出ていきなさいよ！」

「まあまあ、落ち着いて落ち着いて」

興奮する佐竹夫妻を、佐藤頭がなだめているのが聞こえる。こんなときでも、彼が笑みを絶やしていないのが伝わってくる。

「あー、きみきみ、その部屋から早く出なさい」

部屋の入り口が狭すぎ、なおかつ駿の背中が邪魔をして、中の光景が目に入っていないのだろう。警官が手をのばし、駿の服をつかんで引っ張ろうとする。

だが、背後の警官とは逆に、駿をこの場に引きとめようとする者がいた。

部屋には薄いカーペットが敷かれていた。もとの色はベージュだったようだが、汚れて変色し、まるで水田の泥のようだ。

その泥色のカーペットから、三本指の痩せた手がのび、駿の足首をつかんだのだ。

田んぼの中で駿の足首をつかんだ手と、まったく同じ感触だった。指が触れている部分と、足首に残った指の痕は、ぴったり重なっている。


おおおぉぉ……。

泥の塊《かたまり》のような頭が、あの声を発しながらカーペットの中から上がってきた。ひとつ目ではなかったが、両のまぶたは泥にふさがれ、口だけを大きくあけている。その顔はベッドの上のミイラにそっくりだ。

おおおおぉぉぉ……。

動けなくなった駿を、警官たちはその場から無理やり引き剝がそうとする。彼らにはまだ現状が見えていない。それどころか、この声も聞こえていない。

そのとき、警官たちを押しのけ、シゲくんが部屋に躍《おど》りこんできた。

たちまち、三本指の異形は駿を解放して、泥色のカーペットに沈んでいく。シゲくんはそちらには目もくれず、ベッドの上の遺体をみつめていた。

「やっぱりだ」

彼は警官たちを振り返り、大声で叫んだ。

「ほら見てください。爺さん、死んでますよ！」

これには警官たちもぎょっとして、先を争うように部屋に踏みこんできた。

「こ、これは……」

「ミイラ……？」

予想外の光景を前にして、警官たちは呆然《ぼうぜん》と立ち尽くした。佐藤頭は彼らの間から顔を突っこんで、部屋の様子を確認し、「おやおや」とあきれ気味につぶやいている。

シゲくんはここぞとばかりに声を張りあげた。

「噂になってたんッすよ。爺さんはもう死んでるんじゃないかって。おれだけじゃない、昔からの知り合いが見舞いに行っても全然受けつけないし、あれは絶対、おかしいって、年金目当てに爺さんの死亡届出してないんじゃないかって、みんなして言ってたんッす」

「黙れ黙れ！」

佐竹が必死の剣幕で怒鳴った。だが、もう遅い。ミイラ化した死体を、警官たちに目撃されてしまっている。

「お巡りさん、そのひとたちを早く逮捕してやってください！」

シゲくんが佐竹夫妻を指差し、声高らかに糾弾《きゅうだん》する。警官たちも厳しい表情を夫婦に向けた。

「詳しい話を聞かせてもらいましょうかね」

さすがに佐竹も絶句し、妻はその場にわっと泣き伏してしまった。


山の端《は》に傾きかけた夕日よりも赤い光を、パトカーが周囲に振り撒いている。少ないながら近所からも、何事かと野次馬が顔を覗かせていた。

警官ふたりが佐竹夫妻をパトカーに乗せていく。サスペンスドラマのラストそっくりな光景だ。佐藤頭もそう感じたのだろう、駿の隣で、エンディングテーマにふさわしい物悲しい旋律を口ずさんでいる。

パトカーが行ってしまうと、佐藤頭はシゲくんを振り返った。

「やれやれ。UMAを探しに来て、泥田坊に遭遇したかと思ったら、こんなことになるとはね。ひょっとして、最初からこれを狙ってた？」

「とんでもないッす」

シゲくんは首と両手をいっしょに振って否定する。

「ホントにＵＭＡだと信じて写真を撮ったんッすよ。佐竹さん家に行くことになって、もしかしたらとは考えたッすけど、まさかこんなにうまくいくとは。『トワイライト』さんのおかげッす。ありがとうございました！」

腰を直角に曲げて、シゲくんは頭を下げた。彼としては長年、気にかけていた問題に、愛読誌『トワイライト』の編集者が終止符を打ってくれたのだ、感動もひとしおだろう。

「いやいや、功労者はぼくじゃなくて助手の彼だってば」

佐藤頭が駿の肩を軽く手のひらで叩いた。いったん顔を上げたシゲくんが、駿のほうを向いてまた頭を下げる。

「助手さん、ありがとうございます！」

「いや、そんな、自分は何も……」

そうとしか言いようがなかった。いまさら、ミイラが家中に響き渡るような声で呼んでいたからとは明かせない。

「きっと、お爺さんもシゲくんにみつけてほしかったんだよ」

そう言ってあげると、シゲくんは小学生のときの思い出を懐かしむように小さく笑った。

　陽が暮れかけてきたので、佐藤頭と駿はシゲくんを車で家に送り届けてから帰路に着いた。

　夕闇《ゆうやみ》に沈む高速道路を、無数のテールランプが赤く流れていく。佐藤頭は運転しながら、

「さて。記事はどうまとめたらいいのやら……。ワニガメと泥田坊は混ぜたら危険じゃないか？」

　と困惑した体でぼやいた。

「今回はワニガメだけをネタにして、泥田坊というかミイラの件は別枠にしませんか？」

「うん、そうだね。ほとぼりが冷めた頃に、ちょっと補足して読者体験枠に押しこむか。『小さい頃、仲よくしてくれた近所のお爺さん。もう何年も見ていないので気にはしていました。ある日、通学路の田んぼにうっかりはまって、何者かに足をつかまれ……』てな感じ？」

「いいですね、それ」

「いつもの倍、疲れたけど、ネタをふたつ拾えたんだから良しとするかな。――にしても、きみがいきなり階段を駆け上っていったときはびっくりしたよ。勝算があったんだ。やっぱり、あの夫婦の反応を見て、おかしいって感じたわけ？」

「ええ、まあ」

「勘がいいねえ」

あの声が聞こえなかったのなら、そういうことにしておくしかない。ただ、完全には黙ってもいられなくて、

「やっぱり、水田の中で足首をつかんできたのは、ミイラになった佐竹さんの霊だったんですかね……」

とつぶやく。佐藤頭も「かもね」と曖昧《あいまい》ながら同意した。

「現代版・泥田坊ってところかな。『田を返せ』じゃなくて『年金返せ』？」

「っていうか、普通に弔《とむら》ってもらいたかったんじゃないですか？　あんな骸《むくろ》をさらしたまじゃ、気になって気になって成仏《じょうぶつ》もできないというか。シゲくんにも言いましたけど、みつけてほしかったんですよ」

「かもしれないな。そういえば、二階のあの部屋に入ったとき、御隈川くん、何かあった？」

不意打ち気味に尋ねられて、駿はどきっとした。

「どうしてですか？」

「いや。なんだか立ちすくんでいたんで、また三本指につかまったのかなと思って」

鋭いところを突いてくる。それとも、あくまでも冗談半分の戯《ざ》れ言《ごと》なのか。判断がつかず、

「ミイラをみつけたんですからね。そりゃあ、すくみもしますよ」

と、無難に受け流しておく。佐藤頭は「そうだね」とうなずき、片手でポロシャツの胸ポケットをポンと叩いた。

「あ、禁煙したんだった」

思い出したようにつぶやき、両手でハンドルを握り直す。

「……佐竹の爺さん、成仏してくれたかな」

駿は助手席を少し後ろに倒し、車の流れに目を向けた。

「ええ。きっといまごろ、あの世の大海原をアーケロンといっしょにのびのび泳いでますよ——」

佐藤頭はくすっと笑った。

「普通は三途《さんず》の川なんだけどな」

普通はそうだろう。だが、駿には三途の川でも泥田でもなく、蒼く光り輝く太古の海が、巨大海亀の背に乗った老人の姿が、ありありと想像できていた。

徹底比較！　最強開運グッズ

出版不況が長引き、老舗《しにせ》の雑誌が次々と廃刊休刊の憂き目を見ている昨今、広告収入ほどありがたいものはない。

だからこそ、会議で雑誌『トワイライト』編集長・鈴木原祐真《すずきばらゆうま》が提案した議題に、副編集長の佐藤頭元《さとうがしらげん》も、編集者の橘《たちばな》麻衣子《まいこ》も「本気ですか」と驚きを露《あらわ》にした。

「もちろん、本気だとも」

鈴木原は会議室の長机に肘《ひじ》をつき、両手を顔の前で組んで、いつもより低い声で断言した。ノーネクタイによれよれの黒いシャツ、黒縁眼鏡のレンズは怪しく光って鈴木原の表情を隠し、胡散《うさん》臭さをさらに強調させている。

彼ら三人は、三流出版社夜明《よあけ》書房の会議室で次号の企画会議を執り行っていた。会議室といっても、パーテーションとステンレス製の扉でフロア北側の空間を大小ふたつに仕切った、非常に簡易なものだった。耳を澄ませば、電話番としてデスクについている御隈川《みくまがわ》駿《すぐる》にも、会議の内容は筒抜けだ。

「このところ、企画がマンネリ気味なんだ」

鈴木原はずばり核心に切りこんでいく。

「前回のはよかった。古代海亀《うみがめ》アーケロンの生き残りでなかったのは返す返すも残念だが、ワニガメのいかにも怪獣怪獣した外見は、ビジュアル的にもインパクトありで反響も大きかった」

「ありがとうございます」

前回の記事を担当した佐藤頭が一礼した。控えめな表現ではあったが、彼が心底喜んでいるのは伝わってくる。

「だからこそ、次が大事なんだ。読者の期待もいい具合に高まっているこのあたりでひとつ、業界のタブーに鋭く切りこんでいくべきではないかと」

「『トワイライト』って、そんな雑誌でしたっけ？」

麻衣子が至極真っ当な疑問を口にする。ちょうど駿も、まったく同じことを考えていたところだった。その問いに対して鈴木原は、やや芝居がかった口調で、

「常に挑戦し続けていかなくては、待っているのは静かな敗退のみなのだよ、橘くん」

まあ、そうかもな、と駿は心の中でつぶやいた。

読者という存在は悲しいかな、いつも飽きっぽく気まぐれだ。似たような企画が続けば飽きて、あっという間に離れていく。かといって、冒険が過ぎても離れていく。その匙《さじ》加減が難しい。

駿としては、果敢《かかん》にチャレンジしようとする鈴木原の姿勢は高く評価したかった。だが、彼がおもむろに提示してきた内容を知り、その気持ちは早くも揺らいでいく。

「そこで『トワイライト』はあえていまこそ、業界のタブーに挑戦していこうと思う。題して『徹底比較　最強の開運グッズはどれだ⁉』」

鈴木原が力強く言い放った直後、会議室内は氷のごとき沈黙で満たされた。その場に同席していなかった駿でさえ、固まってしまう。

「……すみません。補足説明をお願いします」

佐藤頭に促されるまでもなく、鈴木原は進んで語り出した。

「知っての通り、『トワイライト』の広告ページには開運グッズの通販が数多く掲載されている。仏教系の数珠《じゅず》から陰陽道《おんみようどう》の五芒星《ごぼうせい》グッズ、ヒンドゥーの神さまポスターと、宗派問わずのカオス状況だ」

さらに付け加えるなら、テレパシー能力開発グッズなどという珍妙な品も売っている。まさしくカオスだなと、駿はそこにあった『トワイライト』今月号を手にとってぱらぱらとめくりながら思った。

他ジャンルの雑誌にも通販ページはあるものの、『トワイライト』の場合、種類も豊富だし、取りあげかたの大きさも違う。値段設定も幅広く、十万超えの品も珍しくはない。その隣で五千円の護符などが紹介されていたりすると、「あらまあ、お安い」とうっかり錯覚《さつかく》しそうにもなる。

「そこで考えたのだが——この中で、最も効果が高いのはどのグッズだと思う?」

鈴木原の問いかけに、佐藤頭は首を横に振った。

「訊くだけ無駄ですよ。そもそも成り立ちからして異なるものを単純に比較しようと試みること自体、無意味です」

副編集長の常識的な意見に対し、編集長の鈴木原は不満そうに口を尖らせた。見かねた麻衣子がゆるく鈴木原を擁護《ようご》する。

「でもまあ、これだけたくさんの開運グッズが紹介されていると、どれがいちばん効くんだっていう気にはなりますかね」

「そう、そこなんだよ、橘くん。ナンバーワンは誰か、最強の生き物は何か。そういったシンプルな、だからこそ力強くて廃《すた》れはしない永遠の問いかけなのだよ、これは」

鈴木原はナンバーワンを強調するように人差し指を立て、天を指差す。

「もちろん、こういった開運グッズはいわゆる縁起物。手にしただけで運が開けたように感じてしまう、いわゆるスパシーバ効果に似たようなものであるのは否定しようもないが――」

「それを言うならプラシーボ効果です。スパシーバはロシア語の『ありがとう』」

と、麻衣子がすかさず訂正を入れた。

プラシーボとはいわゆる偽薬《ぎやく》のことだ。これは薬だと被験者に言い聞かせ、実はまったく薬効のないものを飲ませた場合でも、被験者の身体《からだ》に本来起こらないはずの変化が生じる現象を指す。

しかし、間違いを指摘されても鈴木原はひかず、

「そうとも、いわゆる『ありがとう』効果だ。なんでもかんでも、ありがたく感じてしまうという」

麻衣子はあきれ顔になり、佐藤頭は苦笑する。駿も生温かい気持ちになった。鈴木原の場合、どこまでが負けん気で、どこまでがおやじギャグなのかがわからず、対応も曖昧《あいまい》なものにならざるを得ない。

「いかん。話がそれた」

鈴木原は口から深く息を吐いてから、話をもとに戻した。

「そこでだ。次回の編集部企画は『開運グッズ比較、いま人気の品を編集部員が一週間身につけてみました！』はどうだ」

どうだと言われても返答に困るだろう。会議室内の微妙な空気は、駿にも感じ取れた。

佐藤頭はううんとうなって腕組みをし、椅子の背もたれに身を預けた。

「なんの効果がなかったとしても、広告主の手前、下手に商品を腐《くさ》せないでしょう。かといって太鼓《たいこ》持ち的な記事を書くのは信条に反しますし、かえって危険な気もします。『トワイライト』はあくまでもエンタメ系、面白さを最優先にして特定の宗派、団体には肩入れしない、っていうのが基本方針じゃなかったんですか？」

「肩入れはしないとも。効かなかったら効かなかったとその旨《むね》、正直に書けばいい」

「だから、それはそれでまずいような……」

「なら、元ちゃん、別に案があるの？」

切りこまれ、佐藤頭は再度、ううんとうなった。横目で麻衣子に助けを求めるも、彼女も首を横に振る。

「代案がないのなら仕方がない。では、そういうことで」

鈴木原はさっさと決めると、床に置いていた紙袋の中身を長机の上に並べ始めた。

「じゃあ、この中から好きなもの選んで」

「もう取り寄せ済みでしたか。ずいぶんと仕事が早いんですね。いつもこうだと助かるんですが」

佐藤頭が皮肉っぽく言う。麻衣子は気にせず、さっそく身を乗り出して品定めに入った。

「わたしは開運肌着かな」

ほぼ即決で、彼女はビニールに包まれた衣料品を手に取った。

駿はそれを聞いて、『トワイライト』今月号の通販ページを広げた。麻衣子が選んだ物と同じ品がそこにも掲載されている。〈開運肌着／綿１００パーセント／ホワイト・ブラック・ベージュの三枚セット〉だ。

入院着に似た前合わせ、筒袖《そで》の肌着で、丈《たけ》は腰くらいまで。普通の肌着と違う点は、なんといっても全面に施された呪文だろう。流麗《りゆうれい》な筆文字はなんと書かれているのか、まったく読めない分、おしゃれプリントに見えなくもない。外国人観光客に喜ばれそうな感じだ。

「デザインは微妙だけど、どうせ他人に見せるものじゃないし」

そんな言い訳を口にしつつも、麻衣子は嬉《うれ》しそうだ。三枚セットのお得感がそうさせているのかもしれない。

「ちなみに、ぼくはこれに決定」

すでに自分の分として確保していた品を、鈴木原がズボンの尻ポケットから取り出してみせた。金色に輝く長財布で、中央には米俵の上に載ったリアルな大黒天《だいこくてん》の刺繍《ししゆう》が施されている。どう見ても金運アップの品に間違いない。

「……ユーマさん、ひょっとしてその財布が欲しくてこの企画、立ちあげました？」

佐藤頭の疑惑のまなざしに、鈴木原は「とんでもない」と首を横に振りつつ、残りの品を机の中央へと押しやった。

「さあ、元ちゃんも選んで選んで」

残ったのは二品。台座付きの水晶玉と、民芸品店でおみやげ物として売っていそうな稚《ち》拙《せつ》な作りの人形ストラップだ。

佐藤頭は、はあと大きくため息をつき、

「こっちにしておきます」

両手で台座ごと水晶玉をつかみ、自分のほうへと引き寄せる。実に無難な選択と思われた。

「じゃあ、このストラップはどうしようか？　橘さん、持ってく？」

「いらないですよ。二品も持っていたら、どっちが効いたかわからなくなるじゃないですか」

「それもそうだな」

「そもそも、三人しか編集いないのに、どうして四品、用意したんですか」

鈴木原の応《いら》えは早かった。

「送料無料にしたかったから」

「――なら、仕方ありませんね」

通販で自身も似たような経験があるのだろう。麻衣子はあっさりと納得した。

「じゃあ、バイトくんに協力してもらいましょうか」

席を立ち、会議室から出ると、麻衣子はまっすぐ駿のもとにやってきた。

「あのね、シュンくん、ちょっと協力してもらいたいんだけど」

「スグルです。開運グッズの検証ですよね？」

「話が早いわね」

麻衣子は笑顔で人形ストラップを駿に押しつけた。

「一週間、これを身につけて、開運効果があったかどうかレポートしてほしいんだって。

といっても、そんなにページは割けないから、ごく簡単なものでいいはずだけど」

「はあ」

駿はストラップをつまみあげ、目の高さでぷらぷらと振ってみた。刻んだ木片を糸で繋《つな》げただけの人形が四肢《しし》をだらりと下げている様子は、どこか死体じみていて、縁起がいいようにはあまり見えない。

「効くんですか、これ」

「だから、プラシーボ、プラシーボ。鰯《いわし》の頭も信心からで、病は気から。効くと思えば効いて、逆にくよくよ悩めば病気にもなるよってことでしょ？　持ってるだけで落ち着くのなら、人形でも毛布でもなんでもいいのよ」

鈴木原も会議室から出てきた。

「そうそう、小難しく考えなくていいから。とりあえず、箇条《かじょう》書き日記でもつけておいて、一週間後にいいこと悪いことの収支決算をして、いいことが悪いことを上まわっていたら良し、って感じでよろしく」

そう言って、窓辺の席につくや、鈴木原は競馬新聞を広げた。開運長財布の効力をさっそく調べようというのだろう。

なるほど、検証といっても相当ゆるいんだなと駿も理解した。それはそうだろう。前回の巨大亀探しといい、編集部企画のページに関しては本物か否《いな》かではなく『とにかく楽しもう』といった意識のほうが強い。だからこそ、駿も気楽にバイトが続けていられる。

「じゃあ、うちの神社のお守りといっしょに……」

御隈八幡宮《みくまはちまんぐう》の守り袋といっしょに、ストラップをリュックにつけようとしていると、麻衣子から横槍《よこやり》が入った。

「こらこら。ふたついっしょにしたら、どっちが効いたかわからなくなるでしょ」

「……そこにはこだわるんですね。でも、困ったなぁ」

「実家の御祭神に配慮しなくちゃ駄目ってこと？」

「ええ、まあ。それこそ気分的なものですけれど」

最後に会議室から出てきた佐藤頭が、駿と麻衣子のやり取りを聞いて、

「やっぱり、八幡の女神さまに気を遣ってるんだ」

などと冗談っぽく言い、そこからさらに質問を投げかけてくる。

「ねえねえ。応神《おうじん》天皇と神功皇后《じんぐうこうごう》はいいとして、御隈川くんとこの比売《ひめ》大神さまはどういった女神さま？」

「さあ。ぼくもあんまり詳しくなくて」

駿は笑って誤魔化《ごまか》し、麻衣子には、

「このストラップ、友達に渡してもいいですか？」

と訊いてみた。

「いいんじゃない？　ちゃんとレポートしてくれるなら。あ、でも、原稿料は出ないだろうから……」

「いいです、いいです。代わりにぼくが夕飯でも奢《おご》っておきますよ」

駿はそう約束して、ストラップを茶封筒の中にしまいこんだ。


その夜、駿は駅前のファミレスで、友人の栗山田時生《くりやまだときお》、田仲千夏《たなかちなつ》と夕食を共にしていた。

なんとなく集まって、とりとめのない会話をして、まったりとした時間が過ぎていく。

駿が人形ストラップのことを思い出したのは、食後のコーヒーを飲んでいたときだった。

「あ、そういえば――」

リュックの中からごそごそと茶封筒を取り出す。

「バイト先から頼まれたんだけど」

「なになに」

「バイトってあれか、『トワイライト』か」

誌名が時生の口から出た途端、千夏がいやそうな顔をした。

「あのオカルト雑誌のバイト、まだ行きようと？」

「まあまあ。そんな怖い顔しないで、ちなっちゃん」

時生が千夏をなだめると、

「しとらんよ」

千夏は否定したが明らかに無理があった。友人として心配してくれているのだとわかるだけに、駿も苦笑するしかない。

「その『トワイライト』で編集部主体の企画ページがあって——」

駿がざっと企画の趣旨を説明する。千夏は「開運比較？　なにそれ」とあきれ顔だったが、時生は「面白そうやん」と好意的に受け止めてくれた。

「時生っちは、駿っちがオカルトのバイト続けよんの賛成なんだ」

「いやいや、賛成ってわけじゃないけど仕方ないやんか。てか、オカルトのバイトって言いかたはどうかと。話を聞いた分だと、電話番と普通のデスクワーク中心みたいだし」

「ホントに？」

千夏が怖い顔のまま、駿を振り向く。駿はうんうんと続けて首を縦に振った。

「それとたまにお使い。取材のお手伝いなんかは、月に一度あるかないかで」

「先月は千葉に巨大亀を探しに行ったんだよな」

すでに先月の一件を聞いていた時生が、笑いながら明かす。

「巨大亀？　なんなん、それ」

「読者さんからのメールを受けて取材に行って、古代の大海亀の生き残りを探しに行ったたつもりが、ワニガメっていうでっかい外国産の亀を捕獲《ほかく》したんだと」

「ワニガメ？」

千夏が目を丸くしてくり返すので時生も面白がって、

「そのときに、こいつ、田んぼの中で――」

泥田坊《どろたぼう》の話に及びそうになり、駿はテーブルの下で時生の足を軽く蹴《け》りつけて黙らせると、何食わぬ顔で、

「編集長いわく、『ワニガメの写真、インパクト大で読者受けがよかった』って」

「……『トワイライト』ってなんの雑誌？　自然科学系も押さえとうと？」

「どうだろう。宇宙をテーマにした、『月は人工天体だった！』的な記事もたまにあるから……」

「マジ？」

「いや、だから、信じるも信じないのも読者の自由で――」

「丸投げ？　煽《あお》るだけ煽っておいて無責任すぎん？」

「それを言ってたら何もできなくなっちゃうわけで――」

バイトとして編集部に通っている駿にも、そのあたりはうまく説明できず、どうしても歯切れが悪くなる。

「需要あるの？」

それには時生が応《こた》えた。

「あるんじゃないかな。ＵＦＯ《ユーフォー》やら古代文明の謎やらは、昔っからテレビでもよく特番、組んでたし。ああいうのって、ついつい見たくならないか?」

「まあ、そうだけど」

その点は千夏もしぶしぶ認めた。

「でも、頼むから心霊企画にだけは参加せんでよ」

「わかってる、わかってる。心配してくれてありがとう、ちなっちゃん。——で、話をもとに戻すけど」

駿はテーブルの上の人形ストラップをつんつんと指でつついた。

「これの検証を頼まれたんだけど、うちのお守りとバッティングするんで、ふたりのどっちかに、おれの代わりにこれを一週間身につけてもらいたいんだ」

時生が興味津々《しんしん》で食いついてきた。

「へえ。こういうのもバッティングするんだ」

「ぶっちゃけ、しないと思う。でも、橘さんが——バイト先の編集さんだけど、そのひとが、検証の意味がなくなるからふたついっしょにつけるなって言うんだ」

「なるほど。で、駿としては、実家の神さまを蔑《ないがし》ろにはできず、別の被験者を探す羽目になったわけやね」

「御隈八幡宮の神さまを蔑ろにしたら、いけんよ」

千夏が真面目な顔で言い、人形ストラップを手に取った。

「そういうことなら、わたしがやる」

「頼めるのか？」

「うん。一週間、身につけるだけでよかっちゃろう？」

「できれば、その一週間で身のまわりに起こった良いこと悪いことを、箇条書きにでもしてもらえると助かる。それを吉凶《きっきょう》の判断基準にしたいんで」

「その程度でよかとなら」

返事をしながら、千夏は自分のショルダーバッグにそのストラップを取り付けた。手作り感あふれる民芸調のストラップも、男がつけると微妙だが、女の子がつけるとそれなりにかわいらしく見えてくるから不思議だった。

それを言ってやると、逆に千夏に睨《にら》まれてしまった。

「ホントにかわいいとか思うとると？」

「思うとる思うとる」

お国言葉で返すと、千夏もふっと表情をやわらげた。

「——こういうの見てると思い出すね、小学生のときのこと」

千夏の言葉に、ああと駿と時生がふたり同時にうなずいていた。

駿が千夏に人形ストラップを渡した同じ夜、麻衣子は風呂あがりにさっそく開運肌着を身につけてみた。

陰陽道の呪文が全面に施された肌着は、実際に身に着けてみるとかなりのインパクトがあったが、ワンルームマンションにひとり住まいなので、誰に見られて恥ずかしいということもない。

三色のうち、まず選んだのはベージュだった。肌触りは悪くない。入浴して温まった身体から出る汗を、綿100パーセントの生地が優しく吸収してくれる。

「普通にいいじゃない」

洗濯しても替えがあと二枚ある。部屋着として着ているスウェットのパンツとの相性も問題はない。

BGM代わりにテレビをつけて、今日のニュースを聞き流しながら、とりあえず麻衣子はお肌の手入れにいそしんだ。それが済むと、ベッドに腹這《はらば》いになり、帰宅途中に購入した女性誌を広げる。

流行りのカフェやお手軽レシピなどが、きれいな写真付きで紹介されている。間違っても、光る飛行物体や人体自然発火の現場写真などは出てこない。

だが、そんな健全な雑誌にも開運グッズの通販ページはもうけられていた。開運肌着はなかったが、水晶玉はあった。刺繍なしなら黄金長財布もみつかった。人形ストラップはなくて、ローズクォーツで恋愛運アップを謳《うた》ったブレスレットが、『購入後、すぐに彼氏ができました』『四人からいっぺんに告白されました』等の推薦《すいせん》文とともに熱烈に推《お》されていた。

そのへんで売っているアクセサリーと、デザインは大差ない。石のランクなどは素人《しろうと》目にはさっぱりわからない。なのに、お値段はそこそこいい。

こんな物を誰が買うのだろうかとあきれる一方で、これで運が開けるのなら……という気持ちも湧いてくるから不思議だった。なんとなく、勝ち目のない博打《ばくち》に臨む高揚感にも似ている。

謳い文句を鵜呑《うの》みにするつもりはないけれど、普通にきれいなローズクォーツだし、運もついてくるなら良くはないかと……。

「駄目駄目。いまは開運肌着のお試し中なんだから」

動きかけた物欲を鎮めるため、わざと声に出して自身に言い聞かせ、麻衣子はページをめくった。寝転がって活字を眺めているうちに、次第に睡魔が押し寄せてくる。

「あ、歯を磨かなくちゃ」

いつもの就寝時刻よりは早めだったが、いい具合に眠くなってきたのでこれを逃すまいと、手早く歯を磨いてからテレビと部屋の電気を消す。

　枕に頭をつけるや否や、麻衣子はもう眠りに落ちていた。新品の肌着の心地よさがもたらした極上の眠りだった。そのままであれば、これはいいことのひとつとしてカウントできたであろうが……。

　麻衣子は夢を見た。夕焼け空の下、大きな川の土手にひとり佇《たた》ずんでいる夢だ。

　多摩《たま》川なのか隅田《すみだ》川なのか、景色に見おぼえはなかったが、とにかく都会を流れる川だ。進行方向の遙《はる》か先には立派な鉄橋が架けられている。

　河川敷はきれいに整備され、特に対岸には多くのひとびとが集まっていた。祭りの準備中なのか、櫓《やぐら》が組まれ、周囲には赤い提灯《ちょうちん》が吊り下げられている。川面《かわも》を渡る風が運ぶのは、いかにも楽しげなざわめきだ。

　面白そうね、と麻衣子は思った。櫓の近くへ行って、お祭り気分だけでも味わいたくなってくる。

　それには向こう岸に渡らなくてはならない。あちら側に通じる橋までは、見たところ、かなりの距離がある。

（あせることはないわ。時間はあるし）

　麻衣子は心の中でそうつぶやき、橋に向かってゆっくりと歩き出した。

（あと一週間あるもの……）

なぜか、そう思った。

鉄橋はまだ遠いが、それもたいして苦にならない。

刻々と変わりゆく夕空がきれいすぎて、川面を渡ってくる風が心地よすぎて、どこまでも歩いていけそうな気がしていた。


その日は大学の講義がない曜日で、駿は午前から電話番兼デスクワークのために『トワイライト』編集部に出てきていた。

昼食をコンビニのサンドイッチで済ませ、午後の眠気と闘っていた頃、正社員たちが次々と出社してくる。鈴木原編集長の無精髭《ぶしょうひげ》と黒シャツはいつものように胡散臭げで、佐藤頭副編集長はいつものように飄々《ひょうひょう》としている。

「どうだい、元ちゃん。水晶玉の効用は」

「まだまだですよ。ユーマさんのほうはどうです?」

「宝くじ、買った」

悪童のようにニッと笑って、鈴木原は黄金長財布の中に収められていた宝くじを披露した。

「当たるといいですね」

編集長と副編がそんな会話をなごやかに交わしている。入稿日にもまだ間がある、実に平和な午後の光景――のはずが。

いつもより遅れて出社してきた麻衣子だけは、なごやかさと縁遠い空気をまとっていた。自分のデスクに荷物を下ろすや否や、

「はあああぁぁ……」

と、地獄《じごく》の底から聞こえてきそうなため息を洩《も》らしたのだ。

「どうかしたんですか、橘さん」

「どうもこうも」

気遣う駿を、麻衣子は八つ当たり気味にじろりと睨みつけた。よっぽどのことがあったのだなと思っていたら、

「今朝、いやなもの見ちゃった。起きてすぐに窓のカーテンをあけたら、ベランダに……カラスの死骸《しがい》が落ちてたのよ」

「それはまた……お気の毒に」

そうとしか言いようがなかった。死んだカラスも気の毒だし、一日の始まりをよりによって、そんなふうに迎えてしまった麻衣子も気の毒だ。

向かいの席の佐藤頭が、

「おやおや。そっちは検証第一日目にして、災難だったね」

「ホントですよ、もう。肌着自体はね、思っていたよりよかったんですよ。寝間着代わりにしたんですけど、肌触りは良くて快眠ばっちりだったのに、朝のあれのおかげで全部ふっとんじゃいましたよ。ほんと、気持ちのいい夢、見てたんだけどな……」

「どんな夢ですか？」

流れに乗って駿が尋ねる。応えようとした麻衣子は、はたと動きを止めて編集部の天井を見上げた。

瞳孔《どうこう》が開ききって目が真っ黒に染まっているのが、横からでもはっきりと見て取れて、隣の席の駿はぎょっとする。

だが、それは数瞬のことで、麻衣子は頭を振って、

「どんな夢だったっけ……。ああ、駄目。思い出せない」

にわかに髪の毛を掻《か》きむしり出した。これはと奇異に感じた駿は、急いで別の質問をしてみた。

「ベランダの死骸はもう処分したんですよね？」

振り返った麻衣子の目は、すでに通常の色合いに戻っていた。

「うん。ちりとりに載せてビニール袋に移し変えて、マンションを出るときにゴミで出してきた。お墓を作ってやろうにも庭がないから埋められないし」

受け答えも普通だ。駿はホッとしたが、麻衣子はデスクにつっぷして、はあとまたため

息をついた。

「ベランダに塩とか撒いたほうがいい？　それとも消毒代わりに殺虫剤をシュー？　虫とかはまだ来てないみたいだったけど」

「いちおう、両方やっておけばいいんじゃないですか？」

「じゃあ、帰ったらやるわ。今朝は死骸を片づけるのが精いっぱいで、そんな余裕なかったから」

　やることが決まって少し落ち着いたのか、

「それで、そっちはどう？　お友達、検証に協力してくれるって？」

　と、麻衣子が訊いてくる。

「ええ。昨日、渡しておきました。人形ストラップ、意外と気に入ってくれたみたいでした」

　それを聞いて佐藤頭が冷やかし気味に、

「ひょっとして、友達じゃなくて彼女かな？」

「違いますよ」

　屈託なく笑って、駿は否定してみせた。

　ようやくカラスのダメージから回復してきた麻衣子は、背すじをのばしておもむろにファイルを手に取った。

「さあて、仕事仕事。ライターさんに連絡とらなくちゃだわ」

月刊誌の刊行は、常に時間に追われている。入稿日まではまだ間があるとはいえ、ほかにもやるべきことは山積みで、鳥の死骸ひとつでいちいち落ちこんでもいられまい。

駿もさっそく佐藤頭からお使いを頼まれて、席を立った。さっき、橘さんに感じた違和感は、きっと何かの間違いだよなと思いながら。

この時点ではまだ、カラスの死と何かを結びつけて考える者は、誰ひとりとしていなかった。

川の上に広がる空が、次第に赤みを増していく。

こんなきれいな夕焼けは久しぶりに見るわ、と麻衣子はちょっぴり感動しながら、土手の上をひとり歩いていた。

対岸では櫓が組まれ、そのまわりに老若男女が集まっている。櫓を中心として、赤い提灯も張りめぐらされている。きっと、これから祭りが始まるのだろう。

昨夜の夢と、ほとんど変わらない光景がそこにあった。なのに、これが以前見た夢の続きだという自覚は、麻衣子には薄い。黄昏《たそが》れていく世界への優しく感傷的な気分で、対岸の祭りを眺めている。

なんの祭りだろう。本当に楽しそう。早くあそこへ行きたい。けれど、そうするには、ずっと先に見える鉄橋を渡らなくてはならない。

のんびり、ゆっくり、歩いていこう……。

気楽に構えていた麻衣子の耳に、ドンドンドン、と太鼓の音が聞こえてきた。見れば、対岸の櫓の上にいつの間にか太鼓が設置されて、それを男衆が打ち鳴らしている。赤い提灯にも明かりがともされていた。

いよいよ祭りが始まるらしい。

のんびりしてはいられないかも、と麻衣子は少しあせってきた。

そんな彼女の気持ちが伝わったかのように――対岸にいたひとびとのうち、何人かが麻衣子のほうを振り返って両手を振り始めた。

川幅が広いのと、薄闇《うすやみ》が急速に忍び寄ってきたせいで、手を振っているひとびとの顔かたちまではよく見えない。ただ、雰囲気でにこやかに笑っているだろうことは伝わってくる。

早くおいで、早くこちらへおいでよと、誘っているのもわかる。彼らが大きく広げて振る手のひらは白い葉っぱのようで、昔、絵本で読んだ昔語りの世界を彷彿《ほうふつ》とさせた。

麻衣子は嬉しくなって、鉄橋へと向かう足取りを速めた。対岸のひとびともそれに気づき、いっそう大きく手を振ってくれた。

早くおいで、早くおいでよ、と。声なき呼びかけとして、白い手が振られ続けている。

麻衣子も彼らに手を振り返そうとしたが——急に、目ざまし時計が鳴り響いた。

たちまち夢は遠のき、麻衣子はベッドの中で寝返りを打って、目をあける。

「夢……?」

なかば無意識にそうつぶやいたものの、夢の内容自体は思い出せない。はかない幻のように、たちまち失われていってしまう。

麻衣子はううんとうなって、緩慢《かんまん》に身を起こした。ベッドを降り、ベランダ側のカーテンをあけようとして——ちょっとためらう。

昨日、これとまったく同じシチュエーションで気持ちよくカーテンを引いた途端、ベランダに転がっていたカラスの死骸を目撃してしまったのだ。

どうしてそんなところで鳥が死んでいたのかは、わからずじまいだった。目立った外傷もなかったし、夜中に窓ガラスに鳥が激突したような物音も聞いてはいなかったのだ。

(今朝もあんなことがあったら、どうしよう……)

麻衣子は着ていた開運肌着の裾《すそ》をぎゅっと握りしめた。昨日はベージュ、今朝はホワイトを着ていた。色が違うだけで、肌触りのよさはいっしょだ。せっかく開運グッズをお試し中なのに、朝からこんなに警戒心が高まるようでは、開運どころか閉じ運だろうと文句のひとつも言いたくなってくる。

意を決して、麻衣子はカーテンをあけた。空は曇っていたものの、屋内よりは充分に明るい外の光がさっと差しこんでくる。

エアコンの室外機が置かれているだけの狭いベランダに——鳥の死骸は落ちていなかった。塵《ちり》ひとつないとは言わないが、見て不快になるようなものは何もない。

「……よかった」

声に出してそうつぶやき、麻衣子は一転、笑顔になった。

ベランダにくるりと背を向け、朝食の準備をしようとキッチンへと向かう。緊張が緩和されて、鼻歌まで出てくる。

彼女は気づいていなかった。異変はベランダではなく、窓ガラスのほうにあったことに。ガラスの下方、それこそベランダに腹這いにでもならなければ無理な位置に、白い手形がびっしりとついていたのだが——外が曇っていたせいもあり、麻衣子は完全に見落としてしまっていた。


「はい。できましたよ、コピー」

駿が大量のコピーをきちんと揃えて差し出すと、麻衣子は、

「よかった、助かったわぁ。こういうときに限って、機械が紙詰まり起こしちゃうんだも

の。ひとりだったらブチ切れて、大暴れしてたわよ」

威勢のいい言葉に、駿は思わず笑ってしまった。

時計の針は八時を過ぎたところだった。打ち合わせやら何やらで、鈴木原や佐藤頭はすでに退社している。同じフロア内の別の編集部に居残っている者は二、三人いたが、そちらとの距離はかなり離れている。

駿は麻衣子の残業に付き合って、大量のコピーだのなんだのの雑用を手伝っていた。駿の側に特に用事はなかったし、ちゃんと時間外手当ても出ると保証してもらえたので、不満等は特にない。

「あと、何かあります?」

「そうね。ここまでやってもらえたら、あとはいいかな。わたしはもうちょっと残るけど」

いつもはコンタクトだが、今日は目がつらくてと、麻衣子は赤いフレームの眼鏡をかけていた。そんなに疲れているのにまだがんばるんだと思うと、差し入れのひとつもしてやりたくなってくる。

「そうだ。近くのコンビニで何か、買ってきましょうか?」

「あ、そうしてくれると助かるかも。サンドイッチとか、お願いできる? レタスと卵とツナが入っているやつ。なかったら、適当でいいから」

「はいはい。お安い御用で」

　さっそく駿はコンビニに行き、サンドイッチとちょっとした菓子類を買ってきた。ありがとうと礼を言って、麻衣子は満足そうにサンドイッチを頬張《ほおば》る。駿は彼女と自分用にコーヒーを淹《い》れた。

「大変ですね、編集の仕事」

「まあ、夜が遅くなるのは仕方ないかな。その時刻でないと捕まらない仕事相手なんかも多いし。フレックス制だから、そのへんは文句つける気もさらさらないけど」

「橘さんはどうして出版社に就職したんですか？」

　麻衣子はうーんとうなり、少し考えてから、

「漫画の編集がやりたくて」

　駿は壁に貼られたBL漫画誌のポスターをちらりと見やって、納得した。

「でも、配属されたのは『トワイライト』。怖い話が好きですって面接のときに言っちゃったのが敗因かな。ちょうどそのとき、怪談特集号の漫画を読んですぐだったんで、それが頭に残ってたのよね。ま、いいのよ。実際、怖い話は好きだし。UMA《ユーマ》愛だの、民俗学的なあれこれはさっぱりだけど、マニアに偏《かたよ》りすぎない一般的な視点も雑誌のためには必要でしょ？」

「ですね」

駿はコーヒーカップを片手に大きくうなずいた。

UFOの目撃譚《たん》や古代文明の謎はロマンがあって大好きだが、のめりこみすぎて誇大妄《こだいもう》想《そう》的になってしまうと、それはまた違うといった気持ちになる。挙げ句、判断力を失い、欲しくもない安物の壺《つぼ》に数百万の金を投じたりしては目も当てられない。

百薬の長たる酒も、過ぎれば毒となる。毒ともなり得る酒だからこその楽しみもある。そこを弁《わきま》えたうえで、「信じるも信じないもどうぞご勝手に。でも、面白いでしょ？」とゆるく突き放した『トワイライト』の姿勢が、駿も意外に気に入っていた。

「——検証会議、明日でしたっけ。人形ストラップ、持ってきたほうがいいですか？」

「レポートさえあれば、物はいらないんじゃない？　わたしの場合、寝間着代わりに使ってるんだから、洗濯したところで返せないわよ。返す気もないし」

「お気に入りなんですね」

「そうそう。デザインはアレだけど、肌触りがいいから快眠ばっちりで、夢見もいいし」

「ああ。じゃあ、いいレポートが書けそうですね。ちなみに、どんな夢を見るんです？」

「うん、それがね……」

麻衣子は机に頬杖をついて、遠い目をした。眼鏡のレンズのむこう側で瞳孔が突然、広がって、瞳は単一な墨《すみ》色に染まる。表情も一気に空虚になる。

その変化に、駿は小さく息を呑《の》んだ。しかし、麻衣子は気づく様子もなく、捉えどころ

のない口調で、

「懐かしいような、なごむような、そんな印象はあるんだけど、朝になると内容全部、忘れてるのね……。それが一度だけならともかく、ずっと続いているから、なんだかもったいなくて……。ああ、でも、太鼓の音がしていた記憶はうっすらあるから、お祭りの夢なのかな……」

「お祭りの夢？」

「うん。ドンドンドンって和太鼓の音が遠くに聞こえてて――」

麻衣子が記憶をたぐりつつ、夢の話をしていたそのとき。

……ドン、ドン、ドン。

と、どこかで和太鼓の音がした。

駿は長すぎる前髪を掻きあげ、さっと周囲に視線を走らせる。

夜の編集部で和太鼓を叩く物好きは、もちろんいない。フロアの入り口近くにいた他の編集者は、黙々と残業中だ。麻衣子もぼんやりとした顔で頬杖をついており、太鼓の音に気づいていないのは明らかだった。

フロアの窓はすべて閉められ、ブラインドのむこうは真っ暗だ。昼夜の人口差が大きいオフィス街で、祭りをやるという話も聞いたことはない。夜に太鼓を打ち鳴らすような施設も、知っている限りでは近くにない。

空耳だった、で片づけるのが普通だろう。だが、駿は違和感をどうにも拭《ぬぐ》えずにいた。彼の場合、こういうときはよろしくない事態が進行中なのだと経験則で知っていたから、なおさらだった。

麻衣子の身に変事が迫っている、と仮定するならば。何がそれを招き寄せているのか。真っ先に思いついたのは、開運肌着との関連性だった。

「ひょっとして、いまも……」

開運肌着、着ていたりしますか。駿はそう問いかけて、この質問はセクハラに当たるかも、と思い直して口をつぐむ。

「え、何?」

「いえ、なんでも」

「そう?」

先ほど垣間見せた空虚な表情はもう消えていた。麻衣子は、ふうっと息をついて、空になったサンドイッチの包みを捨てると、

「さて。もうひと踏ん張りするか」

そう言って、大きくのびをした。瞳の色も完全にもとに戻っている。疲れてはいるようだが、顔色も普通だ。危険はあっても、まだそれほど切迫はしていないのかもしれない。

駿はコーヒーカップを下げ、給湯室で洗いながら、どう対応すればいいだろうかと考え

てみた。

さっきのあの太鼓の音。何かが起きそうな予感はするものの、それが何かまでは、神ならぬ身の上では予想もできない。だが、何かが起こってからでは遅い気もする。

結局、カップをふたつ洗う程度の時間では名案をひねり出せるわけもなく、駿は無策のまま、麻衣子のもとへと戻った。

「じゃあ、ぼくは帰りますけど、あんまり無理はしないでくださいね」

「無理はするわよ。仕事だもの。でも、無茶はしない」

「ですね」

駿は自分のリュックを背負い、お先に、と言いかけてやめた。

お節介かもしれない。勘違いかもしれないが、このままにしておけない気がしたのだ。

「……開運肌着を着用した写真、載せたりしないんですか？」

「え？　何、それ？　ひょっとして、わたしのセクシーショット、期待してる？」

「いいえ、全然」

そこは生真面目に否定しておいた。

「ただ、そういう着用例みたいな写真があると面白いかなと思って」

「……まあね。写真があったほうが、その分、文章量少なくて済むから、ありがたいんだけど。でも、わたし、顔出ししたくないんで」

ることができた。


「首から下の自撮り写真なら？」

「あ、それならいいかも。そうね。写真、とりあえず撮ってみるかな」

あっさりと意見が受け容《い》れられて安心した駿は、今度こそ「お先に失礼します」と告げ

赤い提灯に『おでん』の文字が黒々としたためられている。

その夜、食事を兼ねた打ち合わせを済ませたあとで、鈴木原と佐藤頭は「もう一杯、どうだ」と馴染みの屋台に入っていた。

冷酒の肴《さかな》は、味のよく染みた大根。寡黙《かもく》な店主は、客がＵＭＡがＵＦＯがと怪しい熱弁をふるっていても、眉ひとつ動かさない。

「そういや、検証のほうはどうなってる？」

「特にいいことも悪いこともないですねえ」

「あー、駄目だな。そういう『何もなかった』系がいちばんつまらないから、何か無理やりにでもチャレンジしないと。ちなみに、ああいう石の類《たぐい》は月の光を浴びさせるといいらしいぞ」

「じゃあ、ベランダの近くにでも置いておきますか」

「いや、待てよ。万が一、光の屈折で熱が発生して火事にでもなったら……」

自分で勧めておいて、鈴木原は急にそんなことを言い出し、佐藤頭をあきれさせた。

「太陽光ならともかく、月の光で火事はさすがにないでしょう」

「わからんぞ。水晶髑髏《クリスタル・スカル》みたいに複雑な形をしていたら、弱い月光も屈折のくり返しで凝縮されて火災が起こり、何も知らずに寝ていた元ちゃんは、哀れ、焼死体となるかもしれない。さらに、火の気がまったくなかったことから人体自然発火が疑われ……」

「なりませんって。第一、ぼくが引き受けたのは、クリスタル・スカルじゃなくて、まん丸いただの水晶玉ですから」

「なんだ。つまらない」

「自分で取り寄せておいて、つまらないはないでしょう。しかも、部下の焼死がお望みですか？　なんてひどい上司だ」

「そりゃ誤解だ。望んでるわけがないじゃないか」

「そうですか？　『そうなったらいいのにな』的な口調でしたよ？」

「うん。面白そうな記事が書けるかと――」

「ほら、やっぱり」

軽口の応酬《おうしゅう》は、編集長と副編集長がうまくいっている証《あかし》のようなものだった。

「ところで、いまのバイトくん、どう思う？」

「御隈川くんですか？　いい子だと思いますよ」

「長く続けてくれそうかな？」

「さあ。そこまではまだ、わかりませんけど」

「うちはバイトの離職率が高いからなぁ……」

鈴木原はほろ苦い顔になって冷酒をすすった。

「長くいてもらいたいですけれどね。意外に肝《きも》は据わっているし、取材のときにパッと動いてくれて助かりましたから」

「うんうん。ただしな、あの長い前髪はいただけないな。うっとうしいから切ってこいって、見るたびに言いそうになる」

「言っちゃ駄目ですよ。イマドキの子はそんなこと言われたら、すぐ逃げちゃいますから」

「わかってる、わかってる」

「それに、あの前髪はたぶん……」

佐藤頭はビールジョッキを傾けつつ、独り言のようにつぶやいた。

「魔物よけじゃないのかなぁ」

「魔物よけ？」

「ええ。かわいい子は魔物に目をつけられやすいって考えから、わざと顔を汚したり、隠したりする、そういう習慣がこの国にもかつてはあったんですよ。あの前髪は、それじゃないかって気がするんですけど」

「彼、かわいいの？」

「はい。前髪上げたら、けっこうイケてました」

「へえ。やっぱ、実家が神社だから、そういう風習が伝わっているとか？」

「それも含めていろいろ訊きたいんですけど、嫌がられてる気がして」

「だったら訊いちゃ駄目だな。イマドキの子はすぐ逃げるから」

さっきのお返しとばかりに、鈴木原が嬉しそうに釘を刺す。口調もだいぶ酔っぱらいっぽくなり、けけけけと笑いまでつけて。実際、もうかなり酒が進んで顔も赤い。それでも、彼はこれで打ち止めにしようとはせず、

「親父さん、もう一杯。冷で」

それまでずっと黙っていた店主が、あいよ、としわがれた声で応えてくれた。


開運グッズの検証を始めて、ちょうど一週間が過ぎた。

「よし、結果報告といくぞ」

鈴木原の号令で、『トワイライト』編集部の佐藤頭、麻衣子、駿が会議室に集合する。

日中、会議室を別の編集部がずっと使っていたせいで、時刻はすでに夜になっていた。

　まずは結果報告を始める前に、司会役の佐藤頭が、

「もうこんな時刻なんで、バイトくんから発表開始してもらいます。終わったら帰っていいからね」

「はい。お気遣い、ありがとうございます」

　駿はぺこりと頭を下げ、さっそく報告を始めた。といっても、語ることはあまりない。自身が検証に参加したわけではなく、千夏に任せきりだったので、短いメモを読みあげるだけだった。

「えっと、人形ストラップを預けた友人によると、いいことは『苦手な必修の講義が今週、休講になった』『行列必至のカフェに待ち時間ゼロで入れた』」

　カフェがひっかかったのだろう、鈴木原が、

「友人って女の子?」

「はい、そうですけれど、何か」

　彼女?　と訊きたいところを鈴木原がぐっと我慢したのが、そこにいた全員に伝わった。

「いいや、なんでもないよ。悪かった、続けて」

「それから、ええっと『商店街のくじ引きに当たってお米をもらった』。で、悪いことは特になかったそうです」

佐藤頭は笑顔で小首を傾《かし》げた。

「休講に待ち時間ゼロはともかく、お米ゲットは開運としてカウントしてもよさそうかな？」

「いいんじゃないか？　米は生活の基本だぞ。米さえあれば、なんとかなる」

鈴木原がさっきの詫《わ》びとばかりに熱心にフォローを入れる。

「そうですね。じゃあ、そういうことで。御隈川くん、お疲れさま。もう帰っていいよ」

「いえ。問題なければ、皆さんの報告を最後まで聞いていきたいんですが」

その申し出に対し鈴木原が、

「時間外手当てが出なくても？」

それで構わないと駿が即答すると、鈴木原は露骨に喜び、麻衣子の眉をひそめさせた。

「物好きね」

「はい、物好きなんです」

駿はさらりと受け流し、本当の理由は胸にしまっておいた。――何かが起こりそうで心配だから、とは不用意に口にできない。

「では、次に。ユーマさん、いきますか？」

「いいよぉ」

鈴木原は上機嫌で、金色の開運長財布と競馬新聞、宝くじを広げる。

「はい、これが今週の戦歴。馬のほうは、残念ながら大当たりはなし。でも、小さいのがちょこちょこ当たったから、いいとして。宝くじのほうも高額ではないにしろ、ほら、これが当たり。というわけで、総じてマイナスは小さく、これも開運長財布のおかげといっていいんではないかと」

「ええっ。結局、マイナスなら、効果はなかったってことになりませんか？」

もっともな発言をする麻衣子に、

「甘いな、橘くん。いままでの連敗を思えば、これは復活のきざしにほかならない。つまり、開運長財布は充分にその効果を発しているのだよ」

鈴木原は自信たっぷりに断言して、麻衣子を絶句させた。佐藤頭もやれやれと息をつく。金色の長財布の刺繍の大黒天だけが、満足そうに笑っている。図柄が曾我蕭白《そがしようはく》あたりの江戸絵画っぽく、かなりリアル寄りなだけに、ほくそえんでいるように見えなくもない。

あとにも戻れない、先にも希望がないといった状態に陥《おちい》ると、ひとは奇蹟《きせき》を求めるようになり、絶対ありえない誘いにもうかうかと乗ってしまうことがあるという。

（それがこれか……）

と駿は心の中でため息をついた。とはいえ、鈴木原の金銭感覚を正す方法など、一学生にすぎない駿では思い浮かびようもなく、ここは黙って見守るしかない。

「じゃあ、次にぼくがいきますか。定番の水晶玉なんですが」

気分一新とばかりに、佐藤頭がことさら明るい口調で言いつつ、台座付きの水晶玉を机の中央に押しやった。

「月の光にも当ててみましたが、やっぱり何も起こりませんでした。いいことも悪いこともない、まずまず普通の一週間でした。終わり」

「それはまずいよ、元ちゃん」

あっさりすぎる報告に、鈴木原が口を挟んできた。

「どうせ効くはずがないっていう、その消極的な姿勢がいけなかったんじゃないの？」

「そうかもしれませんが、この手の通販はそもそも苦手で」

「それは言わないでよ」

「あ、じゃあ、酒癖の悪い上司にからまれたので、開運グッズは効かなかったということで」

「それも言わないでよ」

駿は机の上の財布と水晶玉をみつめつつ、小声で麻衣子に訊いてみた。

「グッズ、やっぱり持ってきたほうがよかったですか？」

「いいのよ、いいのよ」

どうでもいいのよ、と言わんばかりの返事だった。この企画は失敗だったと思っているのが、あからさまだ。

「はいはい。じゃあ、橘、報告いきます」

鈴木原と佐藤頭の会話に無理やり割りこむ形で、麻衣子が発言する。

「わたしが受け持ったのは、ご存じの通り、開運肌着三枚セットで。はい、これが着用写真です」

麻衣子が自分のタブレットをぐいと突きつける。そこには、自撮りした首から下の写真が映し出されていた。麻衣子には悪いが、着ているものが呪文びっしりの開運肌着なだけに、色気のかけらも感じられない。

「着心地はよかったです。寝間着として使ったんですが、快眠ばっちりでした。ですが、これを初めて身につけて寝た翌朝、ベランダでカラスが死んでたんですよね。それはちょっと、いえ、だいぶ気持ち悪かったというか。でも、あとはたいして悪いことは起きなくて、残業続きでも体調は万全でした。それから——」

麻衣子が日常の小さな幸運をあげていく間、駿は長すぎる前髪の間に指を差し挟み、タブレットの写真をじっと凝視していた。

予感がしたのだ。この中のどこかに非常にまずいものが隠れていると。

なぜ、そう感じたのかを説明するのは難しい。説明したところで理解されないのも知っている。だからといって、感じた以上は見過ごしにもできない。

すぐには、それとわからなかった。だが、目の前の画像が鏡に映した自撮りであることを含めて考えた途端、答えは唐突にみつかり、駿はあっと声をあげた。

「どうかした、シュンくん？」

「スグルです。いえ、そうじゃなくて、これ――」

　駿はタブレットの写真を指差した。

「まずいです。左前に着てます」

「左前？」

　麻衣子はコンタクトの形がはっきりわかるほど大きく目を見開いた。言葉の意味がすぐには理解できないらしい。そこは和服離れが著《いちじる》しい昨今、仕方のないことだろう。ただ、駿には正月など、実家の八幡宮で宮司《ぐうじ》の装束《しょうぞく》を身に着ける機会があった。

「和服の着かたの話ですよ。袷《あわせ》を左前に着るのは死者の、経帷子《きょうかたびら》の着かたです。要するに、生きている人間はやっちゃいけないんですよ」

　ましてや、それをただの和服ではなく呪文がびっしりと書きこまれたものでやってしまったのだ。この世ならざるモノが引き寄せられるのも致しかたあるまい。

「死者の……」

　麻衣子は呆然《ぼうぜん》とつぶやき、次の瞬間、ひっと小さな悲鳴をあげた。

「思い出した。わたし、夢の中で――」

　額に手を当て、彼女はよみがえってきた夢の記憶を口にする。

「大きな川の土手を歩いていたら、向こう岸でお祭りの準備をしていて。とっても楽しそうだったから、あっち側に行きたくなって。でも、向こう岸に渡れる橋はずっと遠くにしかなくて。しょうがなくて橋に向かって、のんびり歩いていたら、向こう岸のひとたちも気づいて手を振ってくれて――」

麻衣子の瞳孔が急に開いて、あの単一な墨色に染まっていく。その目が見ているものは、ここではない川辺の風景に違いない。

そのとき、ドン、ドン、ドン、と太鼓の響きがどこからか聞こえてきた。昨日、駿も耳にしたあの音だ。

彼と麻衣子だけではなく、鈴木原と佐藤頭にも聞こえたらしく、その場の全員が息を呑む。

われに返った麻衣子は、勢いよく席を立った。

「すぐ脱いでくる！」

「いま、着てるんですか？」

「うん。けっこう着心地がいいんで、実は昨日から普段使いにも……」

それで昨日、残業中に祭り太鼓の音が聞こえたのかと、駿は納得した。が、鈴木原と佐藤頭はまだ事態が呑みこめずに、ぽかんと口をあけている。

「えっと、これはどういうことかな？」

「ひょっとして、開運グッズがよからぬほうに作用しているとか？」

半信半疑の口調で尋ねるふたりに、駿が麻衣子に代わって応える。

「よくわかりませんが、そうみたいです」

曖昧な言いかただったが、実際はほぼ確信していた。麻衣子が断片的に口にした夢の内容から、三途《さんず》の川を連想したからだ。

呪術的な意味を持った装束を、そうとは知らずに死者と同じ着かたをした。ゆえに、この世とあの世を繋《つな》ぐ道が夢の中で開き、麻衣子はむこう側に誘われてしまった——と考えれば辻褄《つじつま》は合う。ベランダでカラスが死んでいたのも、その影響を受けたからに違いない。

さすがにここではなく女子トイレで着替えるつもりなのだろう、麻衣子が会議室から飛び出そうとする。が、それよりも早く、夜明書房のフロアの電気が入り口のほうから順番に消えていった。

会議室はフロアのいちばん奥、『トワイライト』編集部に隣接している。駿たちの位置からは、まるで暗闇が悪意をもって迫ってくるかのように見えた。

鈴木原が叫んだ。

「ちょっと、誰かいるのか！」

会議室に入る前は、ほかの編集部の人間が二、三人、会社に居残っていた。常識的に考えれば、その誰かが『トワイライト』の編集部員がまだいると思わずに、フロアの電気を消していった可能性はある。

だが、返事はなかった。

検証会議が進行している間に、ほかの編集部員は残らず帰宅してしまったのだろう。真っ暗になったフロアに、駿たち以外に人影はない。

いや——あった。

明かりの消えたフロアに、さらに黒い人影がゆらゆらと揺らぎつつ入ってきたのだ。

謎の人影は十人以上はいた。

こんな時刻に、続々と夜明書房に入ってくる。ロッカーや本棚で仕切られた狭い通路を一列に並んで、不安定な足取りで奥へと進んでくる。

暗すぎて顔かたちまでは視認できない。背丈から判断するに、小学生ぐらいの子供から、腰の曲がった老人まで、老若男女が入り交じっている。彼らはひと言も発しない。その代わり、どこからか、ドン、ドン、ドン、とあの和太鼓の音が聞こえてくる。

「橋さん、もしかして橋を渡ったんですか？」

駿の問いに、麻衣子は激しく首を横に振った。

「まだのはずよ。ああ、でも、橋のすぐ前までは行ってたかも——」

「今夜は検証を始めてちょうど七日目の晩だったな」

と、佐藤頭が妙に冷静に言った。

「初七日、七かけ七の四十九日と、葬送儀礼に関して七は特別な意味を持つ。その特別な七日目の晩に、彼らも痺《しび》れを切らして、わざわざ迎えに来てくれたのかもしれない」

「元ちゃん、こんなときに解説？」

鈴木原が部下にあきれる。その間にも、もの言わぬ人影たちはこちらへ少しずつ近づいてくる。

普通の者ならば腰を抜かしてもおかしくはない状況で、真っ先に動いたのは編集長の鈴木原だった。

「悪霊退散！」

唐突に大声で怒鳴るや、開運長財布を人影の群れめがけて投げつけたのだ。

長財布は空《くう》を切って飛んだ。しかし、たいした飛距離は出せず、へたりと床に落ちる。人影たちはいったん立ち止まり、長財布の手前でゆらゆらと揺れていたが、すぐに長財布を避けて行進を再開させた。

「足止め程度か」

くやしそうに鈴木原がつぶやく。長財布の大黒天が申し訳なさそうな顔をした。――ように見えた。

上司に感化されたのか、佐藤頭は会議室にとって返すと、水晶玉を持って駆け戻ってきた。

「いっけー！」

謎の気合とともに、ボウリングの要領で佐藤頭が水晶玉を転がす。透き通った美しい玉は、編集部の床を勢いよく走り抜けていく。

黒い人影たちはふらりと左右に分かれた。その間を水晶玉はまっすぐ抜けていき、突き当たりのドアに激突する。人影たちの行進は止まらない。

「ストライクのはずが！」

くやしがる佐藤頭を、鈴木原が悪人顔になってせせら笑う。

「ガーターだ、ガーターだ」

「真ん中を通ったんですから、ガーターのわけないでしょ」

「ガーター級のポカだな。長財布のほうがまだましだったぞ」

長財布の大黒天が嬉しそうに笑った。——ように見えた。

腐し合う四十代と三十代を抛《ほう》っておいて駿が、

「橘さん、いまのうちに肌着をこっちに」

片手を差し出し麻衣子をせかすと、鈴木原もいっしょになって、

「そうだ、早く脱ぎたまえ、橘くん」

「ユーマさん、それ、セクハラ発言」

佐藤頭がいちおう編集長を注意した。が、麻衣子もさすがにこの状況で、鈴木原の失言

にこだわりはしない。

「みんな、あっち向いてて！」

いつもより高い声で叫んで、麻衣子が自分の着ている紺のブラウスに手をかける。駿と鈴木原、佐藤頭の三人は、いっせいに彼女に背を向けた。

まとめて、いっぺんに脱いだのだろう、シュッと衣ずれの音がしたのは一度だけだった。麻衣子は丸めた開運肌着を駿の手の中に押しつけ、駿はそれを人影たちに投げつけた。

丸められた開運肌着ホワイトが、空中でふわりと広がる。

黒い人影たちは全員がぴたりと立ち止まった。彼らの関心が開運肌着一点に集中しているのが、傍目《はため》にもわかった。

ゆっくりと落ちてくる肌着に、黒い手がいっせいにのびていく。綿１００パーセントの布地に指がかかるや、四方八方からものすごい力が働き、開運肌着はびりびりに引き裂かれた。

ドン、ドン、ドドン、と和太鼓が鳴る。

黒い人影たちはそれぞれに引き裂かれた布片を抱いて、嬉しそうに身をよじる。

望みのものを手に入れて満足したのだろう。彼らは方向を変えると、来た方向へしずしずと戻り始めた。長財布をよけ、水晶玉をよけて、あけ放たれたままのドアから出ていく。

最後のひとりが行ってしまうと、和太鼓の音も聞こえなくなった。フロアの照明も、一、二回点滅してから回復する。

急に明るくなったフロアは、長財布と水晶玉が落ちている以外、いつもの夜明書房と変わりなく見えた。

麻衣子が消え入りそうな声で弱々しくつぶやいた。

「……わたし、助かったの?」

「はい、たぶん」

駿が応えると、麻衣子はへなへなとその場に両膝《ひざ》をついた。あわてて、駿と鈴木原、佐藤頭が振り返ろうとすると、

「こっち見ない!」

麻衣子にこっぴどく怒鳴りつけられてしまった。


予想外の結末に終わった検証会議だったが、さすがに怪異の襲来をそのまま記事に書くのは、広告主の手前、憚《はばか》られた。開運肌着も、そもそも間違った着かたをしたのは麻衣子のほうなのだ。販売元を責められはしない。

翌日、協議の末に、『どれもそれなりに効果はあった、かもしれない』的な無難な記事にしておこうということになった。

さっそく麻衣子は自分のデスクでPCに向き合い、意見を文章にまとめる。

「……これでいっか」

麻衣子がため息とともにそうつぶやいたので、隣の席から駿が、

「できたんですか？　見て構いません？」

「どうぞ、どうぞ」

お許しを得て覗きこんだ画面には、商品着用例としての写真と『綿100パーセントだけあって肌触りはよかったです。ピンクやサックスブルー等のパステルカラーもあるといいと思います』との文言《もんごん》が並べられていた。

「……これ、普通に商品の感想ですよね？」

「悪い？」

麻衣子は眉尻を吊りあげて駿を睨みつけた。

「いえ、悪いとまでは……」

助けを求めて周囲を見まわしても、鈴木原と佐藤頭は聞こえないふり、仕事に没頭するふりを装っている。鈴木原のデスクには大黒天の刺繍入り長財布が、佐藤頭のデスクにはひびの入った水晶玉が飾られていた。

「あのね。現物を手に取れない通信販売はね、こういうユーザーの意見が大事なの。悪いところは悪いと指摘されてるほうが、ほかの購買者も安心するし、長い目で見れば企業側

にとっても有益なんだからね」

嚙みつかんばかりの勢いで自論を並べ立てたあと、麻衣子は顔を背け、急に小声になってつぶやいた。

「ずっと左前に着ていましたなんて、恥ずかしくて書けないじゃない……」

本当に恥ずかしかったのだろう、ピアスをつけた耳たぶが真っ赤に染まっている。

「橘さんにも意外とかわいらしいところがあるんですね」

「意外と？」

うっかり失礼なことを言って、駿はまた麻衣子に睨まれてしまった。

夏の記憶

冬には炬燵《こたつ》、それ以外の季節には卓袱台《ちゃぶだい》代わりになるテーブルに、今日も缶ビールと缶チューハイ、スーパーの惣菜《そうざい》、スナック菓子が並ぶ。

駿《すぐる》が住む六畳一間のアパートに、友人の栗山田時生《くりやまだときお》が勝手にあがりこんでいた。差し入れ持参でもあったし、駿もちょうどバイト等の用もなくひとりだったしで、いつものようにささやかな飲み会が始まる。

「ちなっちゃんにも声かけたんだけど、今夜は渋谷《しぶや》で女子会なんだとさ」

「いいじゃないか、女子会。絶対にこっちより食事は豪勢だろうし」

「そうだよ、だから羨《うらや》ましいんじゃないか。でも、いいんだ。もしかしたら、ちなっちゃんがそのうち、女子大の子たちとの合コンを企画してくれるかもしれないし」

「いや、そこは期待しないほうが」

時生には悪いが、実際、望みは薄いように思われた。小学生の頃からの付き合いだが、千夏《ちなつ》は昔から引っこみ思案なところがあって、なかなかひとの輪に入れずにいたのだ。女子会に参加するようになっただけでも褒めてやりたい。そこで一足飛びに合コンの企画を彼女に望むのは、酷《こく》というものだろう。

そんな千夏がどうして駿や時生とは普通に付き合えるのかというと、通学路が同じだったから、に限る。

「そういえば、開運グッズの検証とやら、もう終わったのか?」

「ああ、うん。昨日、なんとか無事に――いや、無事でもなかった気はするけれど」

　缶ビールを傾ける手を止め、時生が眉をひそめる。

「あ？　また何かやらかしたのか？」

「やらかしてない、やらかしてない。少なくとも、おれじゃない」

　心配性の千夏もいないし、時生になら話してもいいかと、駿は先日の検証会議の一部始終を話して聞かせた。

　和太鼓《わだいこ》の音がどこからともなく聞こえ、黒い人影がわらわらと編集部に現れたくだりになると、時生は真顔で固まってしまった。開運肌着が人影たちの手に渡り、びりびりに引き裂かれたあたりで顔色も青くなる。どうにか人影たちは去っていったとオチがついても、時生は落ち着かなげな様子だった。

「開運肌着が引き裂かれるって、それ、ヤバくね？」

「いや、たまたま肌着だったから引っぱられて裂けただけだろ。人間はそう簡単には裂かれないって」

　たまに自然に発火するそうだけど、とは言わないでおく。

　時生はまだ納得しかねるふうで、

「そこのバイト、やめたほうがよくね？」

「無理だよ。紹介してくれた先輩の手前、簡単にやめられないし。編集さんたちも癖はあっても、基本、いいひとたちだし。仕事自体もけっこう面白いし」

「幽霊につきまとわれたり、ワニガメに喰《く》らいつかれそうになるのも面白いってか？」

駿は長すぎる前髪を掻《か》きやり、どっちつかずの笑みを浮かべた。

「別に『トワイライト』のバイトをやめたからって、怪奇現象に見舞われなくなるわけでもないぞ」

「いや、確実に遭遇頻度《ひんど》が上がってるぞ。自覚あるくせに」

「ないなぁ」

「嘘《うそ》つけ」

危機感のまったくない友人に、時生はことさら大きくため息をついた。

「おまえ、御隈八幡宮《みくまはちまんぐう》の神さまが守ってくれるからって油断してるな？」

部屋の片隅に、時生はちらりと視線を向ける。そこに置かれた駿のリュックには、御隈八幡宮の守り袋がぶら下げてあった。

「油断はしてないよ。御神域からずいぶん離れてしまったし」

「わかってるなら気をつけろよ」

うん、と駿はうなずいたが、これまでの行いがあるだけに説得力はまるでなかった。

「おいしかったね、ここ」

「うん。また来ようね」

「いいけど、次はエスニックもよくない？」

そんな会話を交わしながら、千夏は同じ女子大に通う友人たちとイタリアンの店を出た。駿たちといるとお国言葉が混ざるが、大学の友人たちとだと無意識に言葉は標準語になっている。

店を出たあと、近くのカフェで別腹の甘いものをたいらげてから今夜の女子会はお開きとなり、千夏はみんなと駅へ向かった。

電車内でもおしゃべりは続いたものの、乗り換えてからは千夏ひとりになる。飲み会帰りの時間帯とちょうど重なったせいか、電車自体はけっこう混みあっていた。

サラリーマンたちと並んで吊り革につかまる自分の立ち姿が、暗い車窓に映し出されている。流行りのレストランでの食事と聞いていたので、いつもはしない化粧をして、服装も自分比較でちょっぴり華やかめだ。おかしくなかったよね、けっこう似合ってるよね、と心の中で控えめな自画自賛をする。

みんなとどんな話をしていたかは、もうおぼえていない。とにかくにぎやかで楽しい時間だった。あとはもう、うちに帰って寝るだけだ。今夜はきっと気持ちよく眠れそうだと——思っていたのに。

後ろに立っていた見知らぬ男と、車窓の中でふっと視線が合った。

瞬間、驚き、あわてて目をそらす。

これだけ車内が混んでいれば、まあ、こういうこともあるだろう。そうは思ったが気になって、真っ向からは見ないように、窓に映る車内の様子全体を視界に入れてみた。すると、

(また見てる……?)

気のせいかとも思い、少し時間をあけてから車窓にまた注意を向け直すと、相手は明らかにじっとこちらを見ていた。

二十代なかばとおぼしき男で、どう考えても面識のない相手だった。ただ、懸命に記憶を探ると、渋谷の駅から乗車したときに車内で見たような気がうっすらとしてきた。

ひょっとしたら、つけてきたのかもしれない。

不安がにわかにこみあげてきた。もうあと少しで最寄りの駅に到着するから、それまでの我慢だと思ったが、

(家まで来られたらどうしよう……)

その可能性が頭をよぎり、余計に不安は大きくなった。ひとり暮らしの住所を特定されると、あとあと面倒なことになりかねない。実際、その手の怖いニュースは千夏もよく耳にしている。

ただ、幸い彼女にはこういうときに頼れる相手がいた。

ショルダーバッグの中から携帯を出して、駿と時生にメールを送る。

『ごめん。いま電車。変なひとがいるから、そっち行っていい？』

返事はすぐにあった。時生からで、ふたりはいっしょにいたらしく、

『大丈夫か？　駿と迎えに行くから、こっちの駅まで来いよ』

千夏は心の底から安堵《あんど》の息をつきそうになり、あわてて片手で口を押さえた。

車窓のほうを向く勇気もなく、うつむいて、ショルダーバッグにぶら下げていた人形ストラップをみつめる。開運グッズの検証に協力してくれと言われ、駿から譲り受けたものだった。

あれからの一週間はごくごく平凡な他愛もない出来事しか駿に伝えられなくて、「本当にこれでいいの？」な感じだった。ここに来て、まさかこんなことになるとは思ってもいなかった。

（やっぱり、開運グッズなんて当てにならない）

降車予定の駅は乗り過ごして、もう少し先の、駿たちが住んでいる町の駅を目指す。見知らぬ男の視線はまだ感じており、気は抜けないが、あと少しの辛抱だと自分に言い聞かせる。

（大丈夫、大丈夫だから。きっと、あのときみたいに駿っちが助けてくれるけん……）

都会の電車に揺られながら、千夏は遠い夏の日の出来事を思い出していた。

あれは小学三年生の夏休みのことだった。

母方の祖父母の田舎に家族で行って、その地方の夏祭りも楽しむ予定でいたのだ。山あいの小さな町だったが、夏祭りはそれなりに立派で、華やかな神輿《みこし》は出るし、夜店も並ぶ。花火も打ちあがるしで、千夏は夏休み前から祭りを楽しみにしていた。

だから、旅立ちの前日、急に目が腫《は》れてものもらいを発症しても、祖父母の家に行くのをやめようとは思わなかった。

ちゃんと眼科に行って点眼薬ももらい、眼帯をして、両親とともに車に乗った。薬が効いたせいで痛みや痒《かゆ》みはほとんどなく、不自由は感じなかった。むしろ初めての眼帯が、いつもと違う感を促進させて、浮かれていたぐらいだ。

「あらまあ、ちなっちゃん、どげんしたとね。歩きにくくなかと？」

顔を合わせるなり、祖母がそう心配してくれた。

「なかよ。気にせんといて」

と元気に応《こた》え、家の奥に片方きりの目を転じると、新聞を広げていた祖父が顔を上げ、まじまじと孫娘をみつめていた。

祖父は大柄で普段から寡黙《かもく》で、優しい祖母に比べると、子供にとっては少々近寄りがたい存在だった。その祖父から、こんなふうに注視されるのも初めての経験で、千夏はびっくりして固まってしまった。

みつめられていたのは、実際はほんの短い時間だった。

「まあ、大丈夫やろう」

祖父はそうつぶやいて新聞にまた目を戻した。娘夫婦と孫が久しぶりにやってきたというのに、新聞熟読という、いつもの習慣からすぐに離れようとしないのも、いかにもこの祖父らしく感じられたものだった。

(そうだ。あのとき、おじいちゃんは『大丈夫やろう』って言ったんだ……)

堆積《たいせき》した記憶の層から、その場面がいやにはっきりと思い浮かび、千夏は狼狽《ろうばい》した。

あれはどういう意味だったのか。単に、ものもらい程度ならたいしたことはないという意味だったのか、あるいはその後、幼い千夏の身に降りかかった災難に関連してのつぶやきだったのか。尋ねようにも、祖父はもうすでに他界してしまっている。

記憶を反芻《はんすう》しているうちに電車は目的の駅にさしかかり、千夏は急いで降車した。振り返らずとも、例の見知らぬ男もホームに降りたのがわかった。視線が感じられたからだ。

やっぱり狙われているんだと確信し、千夏は心底、ぞっとした。

ほかの降車客にまぎれて急ぎ足でホームの階段を駆けおり、改札口へと向かう。その間、振り返りたくてたまらないのに、ずっと我慢をした。

もう少しで駿たちと合流できる。そうしたら、きっとあの男もあきらめてくれるはずと、そう自分に言い聞かせて先を急ぐ。

しかし、改札を抜けて周囲を見まわした千夏は、絶望的な気持ちに駆られた。

駅前に、駿も時生もまだ来てはいなかったのだ。


千夏が祖父母の家から戻ってすぐに、夏休みは終わった。

二学期最初の日の朝礼で、壇上《だんじょう》に立った校長は「最近、市内で不審者が目撃されています。学校の行き帰りには充分、注意をいたしましょう」とのたまった。ちょうど、県外で小学生児童が変質者に狙われる事件が発生していた頃でもあったので、言葉だけの警告に留まらず、その日からすぐに集団下校が実施された。

千夏は御隈八幡宮を終点とするグループに組みこまれた。出発時は五、六人ほどで、それが順次、減っていき、道程のほとんどが御隈川《みくまがわ》駿、栗山田時生との三人だけとなる。

正直なところ千夏は、女の子がいっしょだったらよかったのに……と思っていた。駿や時生とは同じクラスではあったものの、まださほど親しい間柄ではなかったのだ。

九月に入ったとはいえ、暑さは一向にやわらぐ気配がない。千夏が住んでいた大分県久《ひさ》市は周囲を山に囲まれた盆地で、夏はなおのこと気温が跳ねあがる。全国版のニュースで最高気温が報じられる一方で、冬にはまた急激に冷えこむような、寒暖差の激しい土地なのだ。

アスファルトの照り返しも厳しく、あまりの暑さに日中はほとんど誰も通りを歩いていない。時生はとにかく「あちい、あちい」とくり返している。

「こういうとき、テレポーテーションが使えたらなぁって思うよ。な、駿」

「ああ、そうだな」

駿は適当な返事をしつつ、長い前髪を掻きあげて汗を拭《ぬぐ》う。そんなふたりの後ろを、千夏はふらふらになりながら黙ってついていく。

日陰で少しだけ立ち止まり、ランドセルを背負い直して再び歩き出そうとする。そのとき、千夏は後方の少し離れた電信柱の陰に立って、こちらを見ている男と目が合った。

いまどき珍しい着流し姿で、髪は長めで色白、全体的にひょろりとした印象だった。身近にいる大人たちとは明らかに雰囲気が違う。

誰だろう、あのひと――と思いつつも、千夏はあまり気にかけず、前に向き直った。数歩、歩き出し、ふいに思い出して、あっと小さく声をあげる。

祖父母の家に遊びに行き、その地域の祭りを見に行ったとき、人込みの中にあの男の姿を見た記憶がよみがえってきたのだ。

着流し姿も祭りの場であったので違和感はなかった。ただ、こちらをみつめる視線が妙に執拗《しつよう》だったので、千夏はぞっとし、

「お母さん、あそこに……」

いっしょにいた親に訴えたときには、もうすでに男の姿は消えていた。

「どうしたと、千夏」

「誰かがこっちを見とったたっちゃけど……」

「眼帯が目立ったんやろ。気にせんどき」

すぐに花火が打ちあがり始め、千夏も祭りを楽しむほうに意識を持っていかれた。このときまで、完全に男のことは忘れていたのだ。

だが、もう思い出した。出で立ちといい、視線の執拗さといい、あのときの男に違いないと確信する。

急いで振り返ったが、男の姿はもうそこになかった。その間、ほんの数秒程度で、ほかに身を隠せる場所などありはしないのに。

なんとも言えない不吉な予感に千夏が顔を強《こわ》ばらせていると、すかさず時生が気づき、

「どげんした、田仲《たなか》」

このときはまだ名字呼びだった。駿も、もの問いたげな顔をしている。千夏は　つかえ気味に説明した。

「そこの、電信柱の後ろに、男のひとがおった」

「変質者か？」

　時生が瞬時に真面目な顔になって、後方を睨《にら》みつけた。しかし、もうすでに男は消えている。車も入ってこない狭い道に、電信柱がコントラストの強い影を落としているだけだ。

「いまはおらんみたい」

　言い訳がましく聞こえるのが、千夏自身もいやだった。だから、全然そんなふうには思っていないくせに「気のせいやったかも」と付け加える。

「どう思う、駿。変質者かな？」

　時生は『ヘンシツシャ』と連呼したくてたまらない様子だった。駿のほうはもう少し冷静で、何かの気配を探るように、長い前髪の間からじっとあたりを見まわしている。クラスで見る、いつもの駿とは、どことなく雰囲気が違う。

　千夏は怖くもあったが、急に恥ずかしくなり、

「いいから、行こう」

　ランドセルの肩ベルトをぎゅっと握りしめ、駿たちの先に立って歩き出した。自分の影をみつめつつ、

（あれは気のせいじゃなか）

　と、心の中で前言を撤回する。

(絶対に、祭りのときのあのひとやった。まさか、ここまでついてきたんやろうか……)

周囲は晩夏の陽射《ひざ》しに満たされてまばゆいほどなのに、千夏の胸のうちは真っ黒な不安で塗り潰されていく。

(でも、うちまでたどり着けば、きっと大丈夫)

親と住む自宅は絶対の安全圏で、そこに逃げこめさえすれば自分は何者からも守られるのだと、小学生の千夏は無条件で信じていた。だからこそ、自宅に到着し、玄関に鍵がかかって中に誰もいないことを知ると、漠《ばく》とした不安は芯まで冷たい恐怖へと変わった。

「お母さん、出かけとる……」

真っ青な顔になる千夏に時生が、

「鍵は？　持っとらんとか」

「持っとうけど……」

家には入れる。だが、ひとりで留守番をしているときに、あの着流しの男がやってきたら。想像しただけで、身体《からだ》が震えてきた。そんな千夏に今度は駿が言った。

「うち、来ないか？」

「うちって……御隈八幡宮に？」

「うん。時生もいっしょに、境内《けいだい》で遊ぼう」

「おお、そうしよ。変質者がまだそこらへんにおるかもしれんし、ひとりにならんほうがいいって」

と、時生も強く勧める。この思いがけぬ誘いに、千夏は目をしばたたいた。

彼らとは同じクラスではあったけれど、特に親しいわけではなく、放課後、いっしょに遊んだことは一度もなかった。とまどいは大きかったが、この状況で誘いを断る理由は何ひとつとしてない。

千夏は了承し、駿、時生とともに御隈八幡宮に向かった。途中に時生の家があったが、彼も自宅を素通りして歩き続ける。

市内でいちばん大きな神社である御隈八幡宮は、小高い丘陵《きゅうりょう》の上に位置していた。手水舎《ちょうずや》で手と口を洗い、長い石段を昇り、立派な楼門《ろうもん》をくぐって拝殿《はいでん》へと進む。正月や秋の放生会《ほうじょうえ》、七五三の時期ならばともかく、最高気温を更新しそうな蒸し暑い平日の午後に、わざわざ参拝に来る者は彼ら以外にいなかった。千夏もここを訪れるのは初詣で以来だ。

広い割にひと気がなく、蟬《せみ》の声ばかりが響き渡る境内で、千夏は改めて神社の縁起が表記された額に目を留めた。

「御祭神は応神《おうじん》天皇、神功皇后《じんぐうこうごう》、比売《ひめ》大神……」

お稲荷《いなり》さまとか七福神とか言われればまだイメージしやすいが、そこに記された神の名は、小学生にとってはいまひとつピンと来ないものだった。それを敏感に察したらしく、

駿が、

「なんの神さまか、わからないだろ？」

やや苦笑気味に言った。そんなことない、と千夏は否定しようとしたが、駿は構わず、

「応神天皇は古代の天皇で、神功皇后はそのお母さん。比売大神はうちの神社の場合、『豊後国風土記《ぶんごのくにふどき》』に出てくる久津媛《ひさづひめ》なんだって」

「久津媛？」

「『津』は『～の』って意味だから、久津媛はずばり『久の姫』。第十二代の景行《けいこう》天皇が熊襲《くまそ》征伐の帰りにここへ寄ったら、土地の神さまの久津媛がひとの姿をとって出迎えてくれたんだとか。つまりこれは、かつて、姫を名乗るほど強力な女性祭司がこの地を治めていたということだって、親父が言ってた」

「そうなの？」

「ああ。久津媛は卑弥呼《ひみこ》だっていう説もあるけど、さすがにそれは眉唾《まゆつば》ものだって、親父がよく言ってる」

「眉唾って、つまり違うってこと？」

「うん。言うのは自由だけど証拠はまだないからって。卑弥呼が魏《ぎ》の皇帝から贈られた鏡が出てくればいいんだろうけど」

「出てないと？」

「久市にも古墳《こふん》はあるし、古代の鏡も出土しているけど、それが卑弥呼の鏡だという証拠はない。だから、久津媛が卑弥呼だとは限らない。ただ、まあ、卑弥呼みたいな強力な女性祭司がいたことはいたんだろうって、親父が」

　父に倣《なら》って慎重になる駿に対し、時生は両手を頭の後ろで組んで、あっさり言ってのけた。

「いいやん、卑弥呼で」

　千夏も時生に同感だったが、そうは言わず、

「その女性祭司、だっけ、が、八幡宮の神さまになってるんだ。ここは本当に古い神社なんやね。やっぱ、御隈八幡宮の御隈って、御隈川の『みくま』なん？」

「うん」

「町を流れとる御隈川と関係あると？」

「じゃないかな。山とか川とかの名前を、そのまま名字にすることはよくあるし」

　それだけではどうかと思ったのか、

「御隈の隈は、動物の熊じゃなくて、『奥まった場所』や『すみ』、『光と影の際《きわ》』、『ぼかし』、『陰影』なんかを意味する言葉らしい。目の下にできるクマも、こっちの意味だよ。で、月影とか、『影』を『光』の意味で使う場合があるように、陰影の『隈』にも『光』の意味があって。ほら、市内に日隈《ひのくま》、月隈《つきくま》、星隈《ほしくま》って地名があるだろ」

「それが日の光、月の光、星の光ってこと?」

「うん。その三つをまとめて『三隈』。うちは字が変わって『御隈』になってるけど」

「で、三つの『隈』にはどんな意味があると?」

駿は首を大きく横に傾けた。

「わからないけど、ここは太陽とか月とか星とか、そういうスケールのでっかいことに関係がある土地だったって意味かも」

「それって、つまり、なんなん? やっぱり、卑弥呼が治めてたってこと? 邪馬台国《やまたいこく》?」

うーんとうなって、駿は逆方向に首を傾《かし》げた。確たる証拠はないと言った手前、邪馬台国説には賛同しにくかったのだろう。歯切れ悪く、

「そもそも古代の女性祭司がからむと、全部が全部、卑弥呼にしてしまうのはいかがなものかと、親父が……」

「だって、卑弥呼しか知らんもん」

時生もまた言う。

「いいやん、卑弥呼で」

駿はまた、うーんとうなった。もしも、このときの彼に『トワイライト』のバイトで仕入れた知識があったなら「天体に関連する地名はUFO《ユーフォー》が飛来した名残だ!」などと、適当にぶちあげていたかもしれない。が、そうではなかったので、

「とにかく、御隈八幡宮は昔からここに建ってる神社で、八幡宮の神さまはこの土地に住むひとたちをずっと守ってくれているんだ」

と強引にまとめる。時生は「なんだよ、それ」と笑ったが、心弱りしていた千夏には、駿のその強引さにかえって響くものがあった。

「本当に守ってくれると？」

「本当だよ」

「変質者からも？」

「変質者からも」

迷いなく駿が断言する。時生までもが「決まっとるやん」と太鼓判《たいこばん》を押す。

「じゃあ、お参りする」

駿に作法を教わり、千夏は拝殿の前で軒《のき》から下がった綱《つな》を両手で振りまわし、神鈴《しんれい》も力いっぱい鳴らす。そうしてから、二拝、二拍手、一拝の拝礼を行った。

ガラン、ガランと鳴り響く鈴の音が、いかにも魔を祓《はら》ってくれそうで心地よかった。駿ではなく、時生がちょっと偉そうに、

「これで田仲も八幡宮の氏子《うじこ》だな」

「田仲って呼ぶのやめてくれん？　字の違うタナカさんが、クラスにもおるんやし」

「じゃあ、なんて呼べばいい」

むくれたように時生が言い、駿が、

「千夏。いや、ちなっちゃん」

いったん呼び捨てにしてから、即座に訂正する。

名前をそのまま呼ばれた瞬間、千夏は息が詰まりそうなほど、どきりとした。すぐに訂正されて、なぜだか残念な気までしてしまう。けれども、そんな気持ちは隠して、

「うん、それでいいよ。氏子になったら、八幡宮の神さまが守ってくれるっちゃろ?」

重ねて念を押す千夏に、駿が「もちろん」と力強く請け負った。どちらかというとおとなしめで、クラスでもそんなに目立つほうではなかった駿が、急に頼もしく見えてくる。

一方で、時生の印象はまったく変わらなかった。快活なにぎやかしで、

「ちなっちゃん、アリジゴク見たことあるか。ここの社殿の下にアリジゴクの巣があるぞ」

急にそんなことを言い出して、千夏を驚かせる。

「アリジゴク?　見たことないかもだけど……」

「じゃあ、見せたる」

いらない、と断りかけたそのとき。蟬時雨《せみしぐれ》が響き渡る中、千夏、と呼ぶ声がどこからか聞こえた。母の声だった。

「お母さん?」

思わず声を出し、境内を見まわす。そこに母の姿はなかったが、再度、千夏と呼ぶ声が聞こえてきた。境内ではなく、もう少し遠く、石段のほうからのようだった。

「お母さん！」

千夏は矢のように境内を走り抜け、瓦葺《かわらぶ》きの楼門をくぐっていった。見下ろせば、石段の下の鳥居の手前に母が立っている。八幡宮まで、わざわざ娘を迎えに来てくれたのだ。

胸がはちきれんばかりに嬉《うれ》しくなって、千夏は手を振りながら石段を駆けおりようとした。が、いきなり背後から駿が千夏のランドセルをつかんで引き止める。

驚いて振り返ると、駿はいままで見たこともないほど厳しい顔をしていた。時生も、友人の剣幕に少なからず驚いているようだった。千夏も困惑を隠せない。

「な、何……」

「あれは本当にちなっちゃんの親か」

母親をあれ呼ばわりされて、千夏の困惑はさらに大きくなった。

「何、言うとると。うちのお母さんに間違いないやん……」

「どうして、八幡宮にちなっちゃんがいるって知ってたんだ？」

「どうしてって、そんなこと……」

どうでもいいじゃないと言いかけて、口をつぐむ。

（そうだ。どうしてだろう）

あの真っ黒な不安が、むくむくと千夏の中で勢いを盛り返してくる。時生も駿と千夏の顔を見比べ、警戒心を高めていく。

「千夏？　どうしたの、早くいらっしゃい」

石段の下では、母が両手をさしのべている。その腕の中に、千夏はすぐにも飛びこんでいきたかった。が、駿はなおのこと「駄目だ。行くな」と語気を強め、時生も首を横に振る。

駿は大きく息を吸うと、千夏の母親に向かって恫喝《どうかつ》した。

「そっちが来い。その鳥居をくぐって、八幡宮の御神域に入ってこられるものならな」

小学三年生が同級生の親に言う言葉遣いではない。千夏は驚いたし、彼女の母親も優しげだった顔を一転させて目を見開き、怒気《どき》を露《あらわ》にした。

「いらっしゃい、千夏！」

母親は地団太《じだんだ》を踏み、荒々しい口調で千夏をせかした。だが、激怒する割に、自分から石段を上ってこようとはしない。まるで、本当に鳥居から先には進めないかのように。

お母さんじゃないかも、と千夏も疑い始めた。肉親に化けた何かが、自分を探しに来たと考えると、そのおぞましさに全身に鳥肌が立った。

では、あれの正体はなんなのか……。

時生が唐突に、あっと声をあげた。

「ちなっちゃん、あいつの影をよく見てみろ」

言われて初めて、千夏は母親の影に着目した。

真夏と変わらない九月の強い陽射しが、影を白っぽい地面にくっきりと描いている。長い髪を後ろでまとめ、膝丈《ひざたけ》のスカートをはいた中肉中背の母とは、背丈からしてまったく違う。長めの髪をまっすぐ肩まで下ろした、ひょろりと背の高い男のシルエットだ。そして、何より、和服を身にまとっている。

千夏はひっと小さな声をあげ、あとずさった。

ばれたと悟ったのだろう、千夏の母の贋者《にせもの》は激昂《げっこう》して、カッと大きく口をあけた。歪んだ顔が、瞬時に母から男のものになり、出で立ちも着流し姿へと変容する。電信柱の陰から千夏をみつめていたあの男に、間違いない。

たちまちの変身は、男がただならぬモノであることを千夏たちに確信させた。そればかりか、男が威嚇《いかく》するようにあけた口からは細長く、先がふたつに割れた舌がのびていた。

さすがに子供たち三人ともが悲鳴をあげる。男はいまにも石段を駆け上って獲物に迫りそうだったが——やはり神域には立ち入れなかったのか、さっと身を翻《ひるがえ》すと、たちまち姿を消していく。

男がいなくなってからも、悪夢から目醒《めざ》めたときのような虚脱感が、千夏たちをしばらく支配していた。蟬の声だけは変わらずに八幡宮の杜《もり》に響き渡っている。

「なんだ、あれ……」

時生が呆然《ぼうぜん》とつぶやき、駿もため息をつく。

「わからない。一の鳥居を抜けて、石段の下までは来れたんだから、そこらの雑魚《ざこ》とも違うような……。ちなっちゃん、心当たりあるか?」

問われて、千夏の口は勝手に「ない」と応えた。あんなものとは無縁でいたいという思いが、言葉になって先に出たのかもしれない。だが、実際にはもう関わってしまった。千夏は首を左右に振って、言い直した。

「でも、夏休みにおばあちゃんの田舎で見かけたかも」

「そのとき、何があった?」

「何も。神社のお祭りがあって、お神輿も出るし、花火もあがるから、親と見に行っただけ。そのとき、こっちをじっと見とる、着物を着た男のひとがおって。どこの誰かもわからんかったけど、なんか気持ち悪くて」

「それがやつか」

「たぶん……」

「やつと何か話したか? あるいは何か言われた?」

「そいつに目をつけられるようなこと、したんやないのか?」

時生からも訊かれ、千夏は一方的に責められているような気分になって、激しく頭を振った。

「しとらんよ、何も。そのとき、ものもらいで片目が腫れてて眼帯してたから、目立ったのかもしれんけど」

「眼帯？」

駿は長い前髪の上から自分の片目を押さえ、ぼそりとつぶやいた。

「一目小僧《ひとつめ》、その他」

千夏と時生はきょとんとして、駿を注視する。

「何、それ。呪文？」

「いや。柳田國男《やなぎたくにお》っていう、明治の民俗学者が書いた本のタイトル。『一目小僧その他』。親父の愛読書。その祭りって、なんの祭りだ？」

「なんのって、普通の夏祭り……。村の神社の」

「何を祀《まつ》っている神社？」

知らない、と返したものの、「思い出すんだ」と強く言われ、千夏も必死で記憶を探った。神輿や花火のほうにばかり関心が向かっていて、どういった神を祀る祭祀《さいし》だったのか、考えもしなかったが、祖父母の話などから断片的な情報がぼんやりと浮かんでくる。

「確か、水神さま。昔、川がよく氾濫《はんらん》してたとかで、もともとはその水神さまを鎮める祭りだったって、おじいちゃんが言うとった……」

「なるほど。きっと蛇神《へびがみ》だな」

水神に、贋の母親のあの舌。そのあたりから駿は推測したようだったが、時生はいぶかしげに眉根を寄せ、

「おい、どういうことだ、駿。わかるように説明しろや」

「確証はない。だから、間違っているかもしれないけれど」

そう前置きしてから、駿は説明した。

「柳田國男の『一目小僧その他』は、神に捧げる生贄《いけにえ》に関して書かれたものなんだ。あちこちの地方に一眼一足の妖怪伝承があり、神社の池に片目の魚がみつかるなんて話もあるんだが、それは神に捧げる生贄として一年間、大事大事にされたすえに結局、殺される一年神主を、逃げられないように目や足を片方潰しておいたことに由来するんじゃないかっていう説」

「目や足を潰すぅ？」

時生がすっとんきょうな声をあげた。

「本当にそんなことがあったのか？」

「わからない。だから、仮説。柳田は、妖怪は小さな神々が零落《れいらく》したものだとも唱えていて、それはそれで首を傾げたくなる点はあるんだけれど、考えかたとしては面白かったし、新しかったんで定着したんじゃないかって」

「レーラク」

　小難しい単語を時生が鸚鵡《おうむ》返しにすると、

「ごめん。これ、親父の受け売り。おれもよくわかってない」

　駿は素直に認めた。そんな彼の態度を潔《いさぎよ》いと感じて、千夏はまたどきどきしてきた。母親の贋者への恐怖心と、同級生の思いがけない一面を見た驚きとがない交ぜになっていたのかもしれない。

「話を戻すけど、ちなっちゃんは田舎の夏祭りに眼帯をつけていった。それで、そこの神社の水神が、ちなっちゃんを自分に捧げられた贄《にえ》だと思いこんだ。水の神は大抵、蛇か龍だ。あいつはたぶん蛇神で、自分の贄を受け取りに来たんだと思う」

　駿の説明に、時生もうなずく。

「ああ、間違いなく蛇だな。べろの先がふたつに分かれてたもん」

　れろれろと舌を突き出して揺らす時生を抛《ほう》っておき、駿は千夏に向き直った。

「蛇は執念深い。また来るかもしれないから気をつけろよ」

　警告されて、静まりかけていた恐怖心が逆によみがえり、千夏は泣きそうな声を出した。

「そげな怖いこと言わんで……」

　時生があわてて、

「おいおい、泣かしたら駄目だろうが。どうするとや」

駿もまずいと反省したのか、「ごめん」と謝る。

駿が悪いわけではない。心配されているのだと理解はできていたから、千夏も懸命に涙を押しとどめた。

どうにか気持ちが落ち着いてから、千夏は駿たちに送ってもらい、自宅へと戻った。すでに帰宅していた母親は影から何から正真正銘の本物で、ようやく安心したのだが、夜になってベッドに入ると、昼間の出来事が否応《いやおう》なく脳裏によみがえってきて、千夏を怖がらせた。

どうせ信じてもらえないからと、親には何も告げていない。怪異に実際遭遇した千夏自身が、いまだに信じられないくらいだったのだ。

妖怪に零落した神。片目の贄。――子供を狙う変質者がこの町にも現れたのだと主張したほうが、まだ説得力はある。だが、それでは、あの変身と鳥居から先に入ってこれなかった理由が説明つかない。

(また来たら、どうしよう……)

千夏は幼稚園のときに大事にしていたクマのぬいぐるみをぎゅっと抱きしめた。長らくしまいこまれていたぬいぐるみは薄汚れ、ボタンでできた目はとれかけている。それでも、何かにすがっていないと眠れそうもなくて、押し入れから引っぱり出したのだ。

なかなか寝つけなかったものの、いつしか千夏は眠りに落ちていた。そのまま無事に朝を迎えられたならよかったのだが……、真夜中に彼女は目を醒ました。

コンコンと、窓ガラスを叩く音で起こされたのだ。

千夏の部屋は二階だった。屋根に登らなくては、外から窓ガラスを叩くことはできない。窓の近くには風で揺れる枝などもないはずだった。

あれが来た、としか考えられない。

千夏はベッドの中で、ぬいぐるみを強く抱きしめた。気づかぬふりをしていればそのうち止むと自分に言い聞かせ、じっと時を待つ間にも。

コン、コン……。コン、コン……。

間を置いて、一定のリズムでくり返される。ひょっとしたら雨が降っていて、その雨だれが窓ガラスに当たっているのかもと思った千夏は、勇気を振り絞り、布団から顔を出してみた。

カーテンは閉めきっている。が、ちょうど家の前にある街灯のおかげで、電気を消した室内よりも外のほうが明るく、窓のむこう側にいる人物の影がカーテンに映りこんでいた。肩から上しか映っていないので着流しかどうかは定かではないが、髪は長い。ガラスを叩くこぶしの大きさは男のものだ。

千夏は耐えきれなくなり、ベッドから飛び起きた。

「お母さん！　お父さん！」

ぬいぐるみを抱いて部屋を飛び出し、一階の両親の部屋へ一目散に駆けこむ。布団を並べて寝ている両親に抱きついて、力いっぱいその身体を揺すった。

「起きて！　起きてよ！」

しかし、父も母も目を醒まそうとはしない。いくら呼んでも無駄だった。ふたりとも、信じられないほど深い眠りに落ちている。

二階の窓を叩いていたあれも移動したのだろう。砂利《じゃり》を踏む足音が、家の外で聞こえた。表から台所の裏口へと向かっている。

（もしかして、お母さんが鍵をかけ忘れとったら……！）

たまにあることだったので、千夏は心底、ぞっとした。

そうでなくとも、むこうは姿を自在に変えられるような相手だ。両親の不自然なほど深い眠りも、あれの――蛇神のせいとしか考えられない。ならば、裏口の鍵くらい造作もなくあけられそうな気がした。

ただし、そんな蛇神も八幡宮の石段を上ってくることはできなかった。

千夏は流れてきた涙を手の甲で拭《ぬぐ》うと、ぬいぐるみを小脇に抱えたまま、玄関に向かって走り出した。

家にいたら、いずれつかまってしまう。その前に八幡宮に逃げこまなくては。八幡宮の神さまは氏子を守ってくれると、宮司の息子が約束してくれたのだから。それを信じるしかない。

千夏は家の外に飛び出し、御隈八幡宮を目指してひた走った。

途中、時生の家の前を通った。彼に助けを求める考えもちらりと頭をよぎったが、家の明かりが全部消えているのを見て断念した。八幡宮はもうすぐそこだ。あそこに逃げるほうが確実だと、千夏には思えた。

全力で走っているうちに息切れがしてきた。足もふらつき始める。休もうとすると、背後からひたひたひたと足音が聞こえてきた。獲物《えもの》をみつけて喜んでいるような、陰湿な歓喜の気配も伝わってくる。

蛇神が来たのだと千夏は確信した。怖くて振り返ることもできず、疲れた身体に鞭打《むち》ち、再び八幡宮を目指して走り出す。

街灯が間遠く連なるアスファルトの道路の果てに、一の鳥居は見えてきた。千夏はホッとしかけたが、蛇神はあれよりも先に入ってこれたのだと思い出す。せめて石段までは行かなくてはならない。

あせって速度をあげたのがいけなかったのかもしれない。急に足がもつれ、千夏は一の鳥居のずっと手前で転倒した。

抱いていたぬいぐるみがクッションになって、怪我を負わなかったのがせめてもの救いだった。すぐに起きあがるが、膝ががくがくと震え、どうにも力が入らない。

蛇神はすぐそこにまで迫り、もはや歩きながら余裕で距離を縮めていた。獲物のあがきようをゆっくり楽しもうというのだろう。そんな粘着質なところが、いかにも蛇らしくて恐怖心をさらに煽《あお》る。

もう駄目なのかも——と、千夏が絶望にあえいでいると。

「ちなっちゃん！」

突然、駿の声が聞こえてきた。

見れば、御隈八幡宮の石段を駆けおり、駿がこちらに向かって一目散に走ってくる。パジャマ代わりなのだろう、タンクトップに麻の短パンを着ている。冴《さ》えない格好だが、千夏の目には白馬の騎士も同然に映った。

「すぐる、っち……！」

呼び捨てにするには抵抗があって、ちゃん付け、くん付けもまた違う気がして、どっちつかずの呼び名になる。

駿は千夏のもとまで来ると、彼女を背後にかばい、蛇神と正面から向き合った。

「長虫《ながむし》め、また来たな」

蛇神は道路の中央に立ち、にやにやと笑っている。相手は子供、どうとでもなると侮《あなど》っているのがあからさまだ。

熱帯夜とまではいかなくても暑い夜だった。それなのに、千夏は震えが止まらない。駿が来てくれたのは嬉しかったが、このままだとふたりとも蛇神に丸呑《の》みにされかねないと本気でおびえる。

が、駿のほうはそんな弱気とはまったくの無縁だった。

「うちの氏子に手を出すな。そんなに贄が欲しいのなら――」

駿は千夏の手からクマのぬいぐるみを取りあげると、とれかけていた片方の目のボタンをむしり取り、

「おまえはこれを持って帰れ！」

そう叫んで、蛇神に投げつけた。

千夏はあっけにとられたが、それは蛇神にとっても同じだった。投げつけられたぬいぐるみを反射的に受け取った蛇神は、完全に虚を衝《つ》かれた顔をしている。

これが普通の人間相手だったら、なんの効果もなかっただろうが――蛇神はにたりと相《そう》好《ごう》を崩した。細長い舌先を覗かせ、クマのぬいぐるみに頬《ほお》を寄せてくすくすと笑う。ぬいぐるみが気に入ったというよりも、駿が大声できった啖呵《たんか》を面白いと感じたのかもしれない。

蛇神は千夏たちに背を向けると、ぬいぐるみをぶら下げて、その場から歩き出した。ひ

ょろりとした後ろ姿が、街灯に照らされた舗装道路を静かに去っていく。

夜の闇《やみ》にまぎれ、完全に蛇神の姿が見えなくなってから、駿が千夏に告げた。

「もう大丈夫だ。たぶん」

「でも、どうして……」

どうして、蛇神に追われているのがわかったのか。そこまで言われずとも、千夏が何を問うたかを理解して、

「比売大神さまの御神託があった」

駿はそのひと言で片づけ、急に不安そうな顔になった。

「大事なぬいぐるみだったのか？　ごめん。あいつに、ちなっちゃんの身代わりをくれてやることしか思いつかなくて」

謝る駿に、千夏は首を横に振った。

「ううん、いいの。いいの……」

むしろ、ありがとうと言いたかった。来てくれて、助けてくれて本当にありがとう、と。

だが、涙と嗚咽《おえつ》があふれてきて、それ以上は言えなくなってしまう。

駿はなおさら面食らい、ごめん、ごめんと何度もくり返していた。

あのときみたいに、駿っちがきっと助けに来てくれる――

改札口に立ちすくんでしまった千夏は、自分にそう言い聞かせた。が、そんな希望をひねり潰すように、背後から声がかかる。

「ねえ、きみ。この辺に住んでるの？」

怖くて振り返ることもできず黙っていると、

「無視しないでよ」

肩先に手をのばされ、千夏は反射的に振りほどいた。相手は「ひどいなぁ」と言いつつ、へらへら笑っている。電車内でこちらをじっと見ていた、あの男だ。蛇神ではなかったが、あれ以上に気持ちが悪いと千夏は嫌悪に駆られた。

「迎えが来ますから」

どうにか、そう言ってやったが、

「ええ？　ホント？」

男はへらへら笑いをやめず、はなから信じようとしない。だが、ちょうどそのとき、おーいと声をあげながら駿と時生がこちらに向かって走ってきた。

駅前の歩道を駆けてくるふたりと、暑くて遠い夏の夜、八幡宮の石段を走り下りてきた小さな騎士《ナイト》の姿がだぶる。千夏はもう、それだけで胸がいっぱいになった。

声もなく立ち尽くしている千夏と、へらへら笑いの男との間に、駿と時生が割りこんでいく。

「待たせて悪い」

「ホント、お待たせ。で、彼女に何か御用で？」

邪魔者たちの登場に、へらへら男は急に表情を変えた。

「なんだよ、ふたりも男がいたのかよ」

吐き棄てるように言って、背を向け、ホームへと戻っていく。この駅を利用していたのではなかったのだろう。その点は千夏を安堵させた。が、何より大きかったのは、駿たちがこうして来てくれたことだ。

「ありがとう、ふたりとも……」

震え声で礼を言うと、駿と時生は逆に口々に謝ってくれた。

「こっちこそ遅くなって悪かった」

「怖かったろ？　すまん、すまん。あ、化粧してる？　珍しいな」

「そこ？」

時生の軽口に千夏は弱々しく笑い、バッグからハンカチを出してあふれかけていた涙を拭った。そのとき初めて、人形ストラップがなくなっていることに気づく。

「あ、ストラップ……。落としたのかも」

「ん？　例の開運のやつ？」

「あれか。ちなっちゃんの身代わりになってくれたんやないか？」

まさか、と否定はしたものの、千夏の脳裏には蛇神が持ち帰ったクマのぬいぐるみが浮かんでいた。時生もそのときの話は聞いていたので、同じことを思ったらしく、

「あり得るぞ。だから、やつもあっさり引きさがったんじゃないか？　しかも開運ストラップだからな。ちゃっかり、やつの尻ポケットに収まって、仕返しに帰りの電車の中で尻を触りまくってくれてるとか」

駿もその意見に乗って、

「いいな、それ。っていうか、人形ストラップが痴漢《ちかん》やって、それをやつのせいにしてくれるとなおいいかも」

「それだ、それだ」

駿と時生は、げらげらと小学生男児のように腹を抱えて笑った。通りすがりの駅の利用者たちに不審そうな目を向けられても、笑いは止まない。

「もう、ふたりとも。小学生のときから全然、変わらないんやから」

千夏はあきれたように言ってみせたが、本心ではいつまでも変わらない彼らが泣きたくなるほど嬉しかった。

その翌日、駿は『トワイライト』編集部に向かうために、いつもとは違う路線の電車に乗った。

ぼんやり外を眺めていると、にわかに隣の車両がにぎやかになり、痴漢だの、おれじゃないだのと言い争う男女の声が聞こえてくる。

何事かと、ほかの乗客たちと同様に隣の車両を覗いてみると、昨日の夜、千夏につきまとった男が制服姿の女子高校生と言い争っていた。高校生のほうはひとりではなく、友人たちといっしょなだけに強気だ。

「触ったじゃない！　間違いないって！　警察、呼ぶからね！」

次の駅に停車してドアが開いた途端、逃げようとした男に女子高校生たちが追いすがり、駅員も加わっての大捕り物をホームでくりひろげる。

駿は車内からその一部始終を見守っていた。駅員にタックルを決められ、ホームに倒れた男のズボンの尻ポケットから、どこかで見たようなストラップの紐《ひも》がはみ出ているのがちらりと見えた。あの人形ストラップの紐にそっくりだった。

もしかして、時生とふざけて話していたように、人形ストラップが千夏の身代わり役を進んで引き受け、さらに意趣返しまでやってくれたのだとしたら――

（グッジョブ。さすがは開運グッズ）

駿は心の中でそうつぶやき、ぐっとこぶしを握りしめた。検証会議はすでに終わっていて、この成果を報告できないのだけが少しばかり残念だった。

あとがき

　昔々、好奇心旺盛《おうせい》な中学生だった頃、わたしは下校時によく覗《のぞ》く駅前の書店で、謎と怪奇に満ち満ちたオカルト系雑誌の創刊号と遭遇した。

　さっそく手にとって、ぱらぱらとめくってみたところ、読者の投稿コーナーに『長髪の考古学者に危ないところを助けられました。ぜひとも、あのひとにお礼が言いたいです』という投書をみつけ、「……『妖怪ハンター』の稗田《ひえだ》先生？」と首を傾《かし》げたのも、いい思い出である。

　まあ、そんな胡散《うさん》臭さもお楽しみのひとつ。

　ネス湖のネッシー写真は捏造《ねつぞう》で、麦畑のミステリーサークルも宇宙人ではなく陽気なおっさんたちが作ったものと立証されてなお、われわれは怪奇な現象に飽かず魅せられてしまう。困ったことに、それほど魅力的なのだ、あやつらは。

　だが、ヒトである以上は、あちら側がいかに魅力的であろうとも踏みこみすぎてはいけないとも思っている。かの夏目漱石《なつめそうせき》も『草枕《くさまくら》』で、『とかくに人の世は住みにくい。（中略）ただの人が作った人の世が住みにくいからとて、越す国はあるまい。あれば人でなしの国へ行くばかりだ。人でなしの国は人の世よりもなお住みにくかろう。』と述べているではないか。

だから、下手に妄信《もうしん》はせず、「そんなこと、あるかーい」と余裕をかましながら、あちらとこちらの境目をふらついて楽しむのがよろしいかと、個人的には思っているのだが、どうだろうか。

かく言う自分は妖怪が大好きで、化け物もしくは化け物じみた人物の話ばかりを書いているくせに、かなりの怖がりで。歳《とし》をとっていくらか改善されたものの、テレビの怪奇特集などを見た晩は、やっぱり怖くて風呂にも入れなくなってしまう。

だったら、見なければ良いではないかと言われてしまいそうだが、「そも恐怖とはなんなのかを探ってみたい」「次の話のヒントがもらえるかもしれないし」等々の理由で見てしまうのだ。風呂問題に関しては、事前に済ませておくか、朝シャンにすればいい話である。

ただし、ここに就寝前の歯磨き問題が立ちあがる。洗面台の鏡の前に立つのが怖くなるのだ。この場合は、鏡に自分自身が映らないよう、身体《からだ》を大きく斜めに傾けて事に臨む。いつでも逃げられるよう、腰を低く落としておくのも忘れない。

それでも、恐怖心がいたずらに募った場合は、卑猥《ひわい》な指サインや言語が魔よけになると

何かで読んだのを思い出して、

「おおおっぱい！　おっぱい！」

などと連呼してみる。…不思議に、ちょっと元気になる。

と、まあ、恐怖というものは大変魅力的であると同時に、のめりこみすぎると危険でもあるので、用法用量を守って嗜《たしな》んでくださいねと、老婆心《ろうばしん》ながら重ねて言ってみるのであった。

さて、それとはまるで関係のない話だが。

昔、つまらないことで激しく落ちこんで、これ以上ないくらいの大号泣をひとりでやらかしていた夜、つけっぱなしのテレビ（たぶん『ベストヒットＵＳＡ』）から、デッド・オア・アライヴの『I'll Save You All My Kisses』が流れてきた。びっくりして涙が止まった。ものすごく綺麗《きれい》なひとが、身体にぴったり張りついた黒レザーの衣装で、腰を振りつつ歌いまくっていて。マッチョなお兄さんたちがヒューヒュー囃《はや》し立てていて。「あんなに綺麗なひとが、あんな格好で、あんなことしてる！」と驚いたわけだ。さらに間奏での、彼、ピート・バーンズの大胆なパフォーマンスに、「泣いている場合じゃないぞ！」と謎の勇気までいただいてしまった。

あのときは本当に本当にありがとう。――と、今年、ピートが亡くなったので書いてみた。

ここまで読んでくださった読者のかたがたと、素晴らしいイラストをつけてくださった高山《たかやま》しのぶさんに感謝します。

それではまた。来年の晩春もしくは夏の初めあたりに、どこかから出るはずの次なる怪奇の書でお逢いできればと願っている次第です。

平成二十八年十一月

瀬川貴次

集英社オレンジ文庫をお買い上げいただき、ありがとうございます。
ご意見・ご感想をお待ちしております。

● あて先
〒101-8050　東京都千代田区一ツ橋2-5-10
集英社オレンジ文庫編集部 気付
瀬川貴次先生

集英社
オレンジ文庫

怪奇編集部『トワイライト』

2016年12月21日　第1刷発行

著　者　瀬川貴次
発行者　北畠輝幸
発行所　株式会社集英社
〒101-8050東京都千代田区一ツ橋2-5-10
電話【編集部】03-3230-6352
【読者係】03-3230-6080
【販売部】03-3230-6393（書店専用）
印刷所　株式会社美松堂／中央精版印刷株式会社

※定価はカバーに表示してあります

ISBN 978-4-08-680112-6 C0193